LORENA LENN

Lorena Lenn

PENTRU TOTDEAUNA

STYLISHED
Timişoara, 2020

Descrierea CIP a Bibliotecii Naţionale a României
LENN, LORENA
Pentru totdeauna / Lorena Lenn. - Timişoara : Stylished, 2020
ISBN 978-606-9092-30-9

821.111

Editura STYLISHED
Timişoara, Judeţul Timiş
Calea Martirilor 1989, nr. 51/27
Tel.: (+40) 727.07.49.48
www.stylishedbooks.ro

Pentru cititorii mei minunați:

Sunteți în sufletul meu
pentru totdeauna...

Cu drag,

Lorena Lenn

Capitolul 1

Ploua infernal la acea oră a după-amiezii în Valletta. Deși, de obicei, clima era mult mai blândă în capitala Maltei, uneori devenea capricioasă, exact ca o femeie. În ziua aceea, Clyde Borg, tânărul șofer de taxi care aștepta în stație, nici nu bănuia ce urma să i se întâmple. Acesta și-a privit ceasul, dorindu-și ca ultima oră de program să treacă mai repede. Detesta ploaia, chiar dacă, uneori, aceasta era o adevărată binecuvântare, mai ales dacă venea după lungi perioade secetoase. Ploaia îi dădea o stare de melancolie, dar și de somnolență, din cauza stropilor ei zgomotoși și puternici. În clipa aceea, parbrizul mașinii era lovit de picurii necruțători.

Clyde a inspirat adânc, închizând ochii pentru o clipă, amintindu-și de primii doi clienți pe care i-a avut în ziua aceea. Uneori, unii oameni puteau fi atât de antipatici, s-a gândit el, retrăind – în mintea lui – comportamentul lor neplăcut; aceștia aproape s-au certat cu el din cauza sumei de plată care, în opinia lor, nu era justificată. Însă el știa prea bine că adevărul era de partea lui, la fel ca de fiecare dată. Își făcea meseria cu onestitate și nu aștepta recompense pentru asta. Voia doar să aibă parte de mai multă omenie din partea unora dintre cei care călătoreau cu el.

Urma să fie o altă zi banală, ploioasă și apăsătoare, s-a gândit el, deschizând brusc ochii. A fost surprins când portiera mașinii s-a deschis brusc.

— Pornește mașina, te rog! Du-mă de aici cât mai repede!

Clyde s-a uitat surprins spre bancheta din spate, acolo unde s-a urcat cu repeziciune o tânără îmbrăcată în rochie de mireasă. Părea grăbită și în glasul ei a simțit o disperare care părea sinceră.

— S-a întâmplat ceva? Unde să mergem? a întrebat-o el, luat pe nepregătite.

Nu mai întâlnise o astfel de clientă, atât de dornică să plece din locul acela. Se aflau în stația de taxi din apropierea unei biserici. Ce putea să o determine să fie atât de grăbită?

— Pornește! Îți spun pe drum, numai haide să plecăm. Nu vreau să mă ajungă din urmă, i-a spus tânăra, privindu-l rugător.

Clyde a pornit motorul și a plecat de acolo, rulând pe străzile capitalei fără vreo țintă anume.

— Ce s-a întâmplat și unde vrei să te duc? Mergem de vreo cinci minute, fără să știu exact unde să te las, i-a zis el, privind-o pentru câteva secunde prin oglinda retrovizoare.

Din modul în care aceasta i-a vorbit, dar și din felul agitat în care respira, își putea da seama că se întâmpla ceva ciudat cu pasagera lui. Aceasta atrăgea atenția prin modul în care era îmbrăcată. Era prima mireasă pe care o ducea cu taxiul, o premieră chiar și pentru el.

— Nu știu încă, dar vreau să merg cât mai departe de aici. Nu vreau să mă găsească! Mă vei ajuta? l-a întrebat ea, dându-și repede voalul jos, lăsând la vedere părul negru, ondulat, ochii căprui și expresivi, și un chip de o frumusețe aparte, care ieșea în evidență.

Salba de monede de la gât, cerceii lunguieți, dar și brățările care îi împodobeau încheieturile mâinilor l-au făcut pe Clyde să-și dea seama de originea tinerei. Și totuși, pielea îi era albă, nu ușor închisă la culoare, distingându-se de specificul etniei sale. Era îmbrăcată doar într-o rochie de mireasă, subțire, și nu avea nici măcar o umbrelă care să o protejeze, cât de cât, de ploaie. Apa se scurgea pe ea, făcându-i pielea de găină, iar modul în care tremura îl făcea să creadă că îi era rece, motiv pentru care a pornit căldura; doar așa, ca măsură de precauție.

— Sigur că da, dar pentru a face asta trebuie să știu unde să te las. Ai o destinație în minte, nu? a întrebat-o el, intersectându-și, preț de câteva secunde, privirea cu a ei, prin oglindă, moment în care i-a remarcat machiajul discret, dar și buzele de un roșu aprins.

— De fapt, nu am. Sunt într-o situație foarte delicată, dacă pot să spun astfel, și am nevoie de ajutor. Nu vreau decât să ajung într-un loc sigur până nu se întunecă, i-a explicat ea, privindu-l în ochi prin oglindă.

Pentru o fracțiune de secundă, fetei i s-a părut că inima îi bate mai puternic. Dar asta se datora, desigur, situației în care se afla. Tânărul taximetrist brunet, frumos, care arăta aproape ca un actor, nu avea nicio legătură cu starea ei.

— Ce s-a întâmplat? Pare că fugi de cineva. Așa e?

— Da, ai dreptate! Deși mi-e rușine să îți spun asta, nici măcar nu am bani ca să îți plătesc cursa, dar mă voi revanșa într-un fel sau altul, iar când voi avea bani îți voi plăti dublu, bine? Numai să mă ajuți.

Clyde a înghițit în sec. Pe lângă faptul că vremea era groaznică, mai trebuia să facă și pe bunul samaritean cu o femeie necunoscută, în care nu știa dacă poate să aibă încredere.

— În cazul ăsta, se pare că va trebui să fac o faptă bună pe ziua de azi. Te voi duce la un adăpost pentru femei. Acolo vei fi în siguranță și doamnele de acolo te vor ajuta gratuit.

— Nu! Nu poți să mă duci acolo! Va fi primul loc în care mă vor căuta, i-a zis ea, privind din nou în spate, ca și cum se aștepta să fie urmărită.

— Cine te caută, mai exact? Dacă ceva nu e în regulă, te pot lăsa la o secție de poliție. Ei te vor îndruma.

— Nu! Fără poliție! Polițiștii nu au o părere bună despre... etnia căreia îi aparțin. Nu vreau să fiu din nou o țintă a purtării lor mai mult sau mai puțin umane, a refuzat ea și această propunere, dând de înțeles că a mai avut de-a face cu poliția în trecut.

— Ei bine, în cazul ăsta, am cam rămas fără opțiuni. Dar fiindcă, în mod inconștient, am ajuns aproape de zona în care locuiesc, te voi duce la mine acasă. Nu vreau să ți se pară ciudat, dar asta e situația, i-a spus el, făcând o grimasă.

Nu-i făcea deloc plăcere să ducă o necunoscută la el acasă, însă date fiind împrejurările, nu avea de ales.

— Ce?! Nici vorbă! Cum să merg la tine acasă?! Ai înnebunit?! Cine crezi că sunt?! i-a zis ea, privindu-l tăios prin oglindă.

— Ascultă-mă, domniță! Ți-am prezentat mai multe variante, dar nu ți-a convenit niciuna. Nu vreau decât să te ajut să treci cu bine peste noaptea asta și să nu stai pe stradă. Nu am intenții ascunse. Dacă nu-ți convine, n-ai decât să spui. Voi opri și te voi lăsa aici. Crede-mă că nici mie nu îmi place ideea de a duce pe cineva străin la mine acasă, i-a zis el, oprind mașina și coborând, așteptând ca fata să ia o decizie. Putea observa pe chipul ei că se gândea și cântărea opțiunile propuse de el.

Tânăra s-a dat jos din mașină și s-a pus în fața lui, în ciuda ploii care îi uda până la piele pe amândoi. S-a uitat la el, mândră și sfidătoare, cu o privire care nu părea să prevestească nimic bun.

— Bine, fie! Vin cu tine, dar la cel mai mic semn de insolență din partea ta, mă întorc în stradă și mă vei avea pe conștiință, asta dacă ai una.

— De acord, numai hai odată! Vom răci dacă mai stăm mult în ploaia asta groaznică! i-a zis el, privind-o nerăbdător.

Tânăra l-a urmat cu strângere de inimă, rugându-se să nu aibă de-a face cu un bărbat periculos, deşi, la prima vedere, nu părea să fie genul acela de om.

În scurt timp, cei doi au ajuns la apartamentul lui Clyde. Erau uzi până la piele şi abia aşteptau să se încălzească.

— Haide, nu sta la uşă. E în ordine, nu sunt un tip rău, i-a zis el, făcându-i semn să intre.

După ce a ezitat timp de câteva secunde, tânăra a intrat. Frigul şi oboseala îşi spuneau cuvântul. Nu mai putea continua să hoinărească pe străzi.

— Pot să merg la baie, te rog? i-a zis ea, vizibil jenată.

— Da, mergi liniştită! Ai acolo tot ce-ţi trebuie. Dacă ai nevoie de ceva, să-mi spui, i-a zis el, trecându-şi mâna prin părul ud.

— Nişte pijamale, dacă se poate. Nu pot să rămân în rochia asta, a mărturisit ea, încolăcindu-şi braţele în jurul taliei.

— A, da, aşa e! a recunoscut el, măsurând-o cu privirea timp de câteva secunde.

A clipit apoi, pentru a-şi reveni. Nu era momentul să o admire.

După ce i-a indicat tinerei direcţia spre baie, Clyde s-a dus în camera lui, acolo unde s-a dezbrăcat, urmând să-și pună toate hainele în coșul de rufe. S-a șters cu un prosop și a îmbrăcat un halat lung de baie, așteptându-și rândul la duș. S-a așezat apoi pe un scaun și a închis ochii, conștient de starea de somnolență care l-a cuprins. A auzit apa de la baie și, în clipa aceea, a revenit la realitate. Era amuzant faptul că își aștepta rândul la baie în propria casă, dar trebuia să accepte situația. Mâine dimineață toate acestea nu vor mai exista, s-a gândit el, încrucișându-și brațele.

— Baia e liberă! l-a anunțat ea când a intrat din nou în sufragerie, acolo unde s-a așezat pe canapea.

Clyde s-a dus spre baie, moment în care privirea lui a căutat-o din nou. Trecuse ceva timp de când a împărțit apartamentul cu o femeie, astfel încât a remarcat imediat felul în care halatul lung, alb, se mula pe corpul ei feminin și atrăgător. Și-a întors rapid privirea, atunci când a văzut că și ea îl privește. Nu voia ca ea să aibă o impresie greșită despre el. Nu era un maniac; doar admira o femeie frumoasă. Atât! Câteva secunde mai târziu, a intrat în baie și a făcut un duș relaxant, căruia i-a simțit lipsa întreaga zi.

Când a ieșit de la duș, a văzut că fata stătea tot în același loc. Aceasta l-a privit stingherită – lucru normal, având în vedere situația.

— Ești bine? Ai vrea să-ți aduc ceva să mănânci și să-mi povestești ce s-a întâmplat mai devreme? a întrebat-o el, luând loc lângă ea pe canapea, trecându-și mâna peste chip, în încercarea de a uita de propria oboseală.

— Oarecum. Cât se poate de bine, având în vedere ce am făcut. În fine, un sandvici ar fi foarte bun, mulțumesc, i-a spus ea ezitând, deși îi era o foame cruntă.

Aroma lui masculină – atât de proaspătă – părea atât de puternică, încât o intimida. În fond, se afla alături de un străin.

— Bine! Poți să vii cu mine în bucătărie, așa mai stăm puțin de vorbă. Nu vreau decât să mănânc ceva repede, iar apoi să dorm, a spus el, după care a căscat, simțindu-se epuizat.

Nu prea făcea acte de caritate, în general, iar acesta era cel mai mare, putea să jure asta.

Cei doi au mers apoi spre bucătărie, dar el s-a oprit brusc în cadrul ușii.

— Apropo, eu sunt Clyde! i-a spus el, întinzându-i mâna, privind-o cu blândețe și surâzând.

— Eu mă numesc Alma! i-a răspuns ea, întinzându-i mâna.

Contactul a fost scurt, dar intens, dacă era să se ia după sclipirea din privirea lui. Iar inima ei... nici nu se putea gândi prea mult la bătăile acesteia. Avea lucruri mai importante de făcut.

Alma s-a așezat pe un scaun și l-a urmărit pe Clyde în timp ce pregătea ceva rapid de mâncare. Ca și cum i-ar fi ghicit gândurile, acesta a făcut o omletă cu șuncă, care o amețea cu aroma îmbietoare.

În scurt timp, au început amândoi să mănânce.

— De cine fugeai așa? a întrebat-o el curios.

— De cei din șatră și de cel care urma să devină soțul meu. Am fost promisă acelui bărbat, dar când a venit vremea să-mi îndeplinesc datoria, nu am mai putut să o fac.

— De ce?

— Fiindcă nu mă pot căsători cu cineva pe care nu... pentru care nu simt nimic. În plus, e un bărbat în vârstă. Nici nu pot să concep că aș putea să aparțin unei astfel de persoane. Când mă gândesc că în câteva ore trebuia să se consume noaptea nunții, îmi vine rău.

— Mda! Dacă nu sunt prea indiscret, pot să întreb ce ți-a oferit de ai acceptat, la început, să fii soția lui?

— Eu... noi... adică... familia mea este una cu opinii mai tradiționaliste, astfel încât, de obicei, femeile din șatră nu au voie să meargă la școală. Eu am insistat foarte mult să termin cel puțin liceul, deși tata abia a fost de acord să termin gimnaziul. Mama a fost cea care l-a convins pe tata să mă lase și la liceu, cu interdicția de a avea vreun prieten alb sau, în fine, un bărbat care să nu facă parte din șatră. Am făcut-o și pe asta, numai din dorința de a avea acces la educație, pentru a nu rămâne ca oricare altă fată din șatră: dependentă de viitorul soț. În schimbul accesului la educație, a trebuit să promit că, la finalul liceului, mă voi mărita cu bărbatul acela, un bogătan stimat din comunitatea noastră. Îți dai seama că eu am promis și luna de pe cer, numai să-mi îndeplinesc visul. Astăzi însă, la biserică, nu am putut să-mi țin cuvântul și am fugit de toată lumea. Ăsta a fost primul lucru care mi-a trecut prin minte: fuga. Am fugit de o viață pe care nu mi-o doresc și, mai ales, petrecută alături de un bărbat pe care nu mi-l doresc. Nu știu dacă am făcut bine sau rău, însă asta am simțit că trebuie să fac și nu regret alegerea mea.

— Ce poveste! Pare desprinsă din filme. Asta înseamnă că tu ai câți ani? Optsprezece? Și nu te-a tentat deloc să fii soția unui bogătan? În general, fetele din ziua de azi asta își doresc.

— Da, i-am împlinit luna trecută. Nu, nu mă interesează banii nimănui. Într-o zi, cel care va fi soțul meu mă va iubi cel puțin la fel de mult pe cât îl voi iubi eu. Dar tu câți ani ai? Întreb de curiozitate! i-a zis Alma, neputându-se abține.

Dacă el o întreba atâtea lucruri, de ce nu ar face și ea același lucru?

— Mulți înainte! Eu am douăzeci și unu de ani, i-a spus el zâmbind, imitând-o.

Alma avea curaj, de asta era sigur, chiar dacă teama a fost cea care a condus-o pe drumul acela și în taxiul lui. Era ca și cum destinul ar fi făcut în așa fel încât ei să se întâlnească, chiar dacă numai pentru o noapte.

— Mersi, la fel! i-a răspuns Alma, zâmbind la rândul ei.

Clyde avea ceva, nu știa exact ce, dar ceva o făcea să i se confeseze cu ușurință.

— Cu plăcere! Și acum, ce urmează să se întâmple? Te poți întoarce la ai tăi sau vei merge la rude?

— Nu! Nu mă pot întoarce la familia mea și nici rude în afara șatrei nu am. Sunt pe cont propriu de acum, a recunoscut ea, întristându-se.

— Și ce vei face? a întrebat-o el, simțind deodată o tristețe profundă pentru ea.

Era evident că situația era cu adevărat dificilă pentru Alma.

— În clipa asta nu știu. În viitor însă, plănuiesc să-mi deschid un restaurant. Știu că poate crezi că sunt o copilă naivă și fără viitor, însă vreau să cred că Dumnezeu are un plan și cu mine. Spun asta fără a fi vreo fanatică religioasă, însă îi sunt recunoscătoare pentru ajutorul primit până acum, a spus ea, terminând de mâncat.

— Nu, nu cred asta! Mă bucur că ai planuri, visuri, dorințe. Ce fel de oameni am fi dacă nu am spera la ceva? Chiar îți doresc să ți se îndeplinească planurile, i-a spus el sincer, zâmbindu-i cu drag.

— Mulțumesc, la fel! Și mulțumesc pentru masă! i-a zis ea, la fel de zâmbitoare.

Chiar dacă erau doi străini, îmbrăcați în halate de baie, discutau ca și cum s-ar fi cunoscut de când lumea.

Ea s-a ridicat apoi de la masă și a pus vasele în chiuvetă, pentru a le spăla, însă el a oprit-o, punându-i mâna pe braț.

— Nu trebuie să faci asta, serios! Mă descurc! i-a zis el, inspirându-i, fără să-și propună asta, aroma feminină.

Și-a luat aproape imediat mâna de pe ea, de parcă ar fi simțit o arsură. Privirea ei uimită îi transmitea că poate să privească, dar să nu atingă, într-atât era de expresivă. Pe jumătate copilă, pe jumătate femeie, Alma îl intriga prin însăși ființa ei expresivă, senzuală și misterioasă, în aceeași măsură.

— E-n ordine, Clyde! Măcar atât să fac, fiindcă m-ai primit în casa ta și m-ai hrănit, i-a spus ea recunoscătoare.

— Bine, cum vrei tu! a spus el, continuând să debaraseze masa.

Când au terminat, s-au privit unul pe celălalt timp de câteva secunde, ușor stânjeniți.

— Înainte să merg la culcare, vreau să te mai întreb ceva, a spus el, încrucișându-și brațele și privind-o curios.

Alma arăta adorabil în halatul de baie: inocentă și feminină, în același timp.

— Bine, ce este? i-a zis Alma, încrucișându-și brațele, la rândul ei.

— În cazul în care părinții tăi te vor căuta și te vor găsi, ce se va întâmpla cu tine?

— În mod sigur, ei mă vor căuta. Când mă vor găsi, mă vor îmbrăca într-o rochie lungă, simplă, și mă vor plimba prin fața membrilor șatrei, în timp ce aceștia mă vor huidui și vor arunca cu diverse obiecte

– legume în special – în mine, drept pedeapsă pentru ceea ce am făcut, i-a explicat ea jenată, începând să tremure, evitându-i privirea.

În mod sigur, el nu era obișnuit cu astfel de lucruri. Clyde făcea parte dintr-o lume care, în aparență, îi oferea totul, doar fiindcă era alb.

— Ce?! De ce?! Ce fel de practică e asta? a întrebat-o el indignat, abținându-se cu greu să nu o ia în brațe.

— Clyde... vezi tu, eu fac parte dintr-o lume total diferită de a ta. E o lume axată pe respectarea tradiției, iar eu am făcut un lucru foarte grav, pe lângă faptul că nu mi-am respectat cuvântul dat familiei mele. Din clipa în care am fugit din biserică, am fost exclusă din șatră, aceasta fiind singura familie pe care am cunoscut-o până acum. Știu că ți-e greu să înțelegi, fiindcă voi, cei care faceți parte dintr-o lume perfectă, în aparență, nu aveți astfel de obiceiuri. Însă acesta este adevărul meu, unul pe care va trebui să-l port cu mine oriunde m-aș duce. Sentimentul de înstrăinare nu e deloc ușor, să știi. Nu e plăcut să mă simt dată la o parte, să fiu o proscrisă, dacă pot să spun așa. Tu nu mă cunoști, dar pot să te asigur că nu sunt o persoană rea. Sunt doar *altfel* decât cei din șatră. Mi-am dorit libertate și asta am, cel puțin deocamdată, și-a încheiat ea discursul, împiedicând cu greu lacrimile să-i cadă pe obraji.

Clyde a privit-o, fără să știe cum să reacționeze. Deși el se considera aproape imun la poveștile de viață ale oamenilor, ceea ce tocmai a aflat l-a tulburat. Mărturia ei era cutremurătoare, iar vulnerabilitatea i se citea cu ușurință. Exista o furtună în sufletul ei, una puternică, care nu se putea ascunde în spatele unor ochi mari și frumoși sau a unui zâmbet fugar. Alma era întruchiparea inocenței, care își căuta locul într-o lume atât de viciată.

Acesta s-a dus lângă ea și a luat-o de mână, încercând să o încurajeze puțin.

— Nu știu ce să spun. Pur și simplu nu-mi găsesc cuvintele. Tot ce știu e că îți doresc să-ți găsești drumul, iar acesta să fie unul lin. Nu am mai fost pus într-o astfel de situație până acum. Nu am mai adus o necunoscută acasă. Și totuși, e ceva în legătură cu tine care îmi spune să am încredere, i-a zis el, mângâindu-i încet mâna.

Alma s-a uitat la Clyde, surprinsă plăcut de ceea ce acesta i-a spus, dar și de el. În momentul acela, a văzut foarte clar profunzimea, sinceritatea și căldura din privirea lui. Masculinitatea emanată de el o tulbura și o făcea să simtă lucruri ciudate.

— Ce faci? a întrebat-o el amuzat, când a văzut că Alma îi întoarce palma și o privește cu atenție.

— Îți ghicesc! Ce e, nu crezi în astfel de lucruri? De obicei, oamenii sunt curioși să afle detalii despre viitorul lor, i-a explicat ea, privindu-l fugar în ochi, după care și-a concentrat atenția asupra palmei lui, mângâind-o ușor cu degetele.

— Nu cred în așa ceva, dar fie, te las să-ți faci hatârul, dacă insiști, i-a spus el, conștientizând deodată că se aflau la mică distanță unul de altul, iar vocea lui a răgușit dintr-odată.

De când o atingere atât de fină și de inocentă avea darul de a-l face să înghită în sec? Poate că de vină era noutatea acelei experiențe, s-a gândit el, așteptând ca ea să spună ce avea de zis, iar apoi să meargă la culcare.

— Văd în palma ta că ești o fire mai degrabă introvertită, dar ascunzi acest lucru sub o duritate aparentă. A fost ceva în viața ta care te-a marcat și te-a făcut să alegi această meserie. Dar destinul tău nu este să fii taximetrist. Mai văd că te porți frumos cu femeia care ajunge să îți fie iubită, însă în adâncul inimii ai vrea să ai parte de o dragoste adevărată, care să te consume cu totul. Ei bine, aici văd că vei avea parte de ea, i-a spus ea zâmbind.

A tresărit însă atunci când el și-a retras mâna din mâna ei și a privit-o cu duritate.

— Astea sunt fleacuri pe care le poți spune oricui! Sunt generalități care se potrivesc tuturor. Să nu mai faci asta cu mine, ai înțeles? Nu încerca să îți pui în practică trucurile, fiindcă e în zadar. Acolo e canapeaua, ai și o pătură. De mâine, viețile noastre vor continua pe drumuri separate. Noapte bună! i-a zis Clyde pe un ton glacial.

— Dar... nu am vrut să te supăr! Exact asta am văzut! Noapte bună! i-a spus ea, privindu-l cu tristețe cum se îndepărta, mergând în camera lui.

S-a dus și ea spre canapea și s-a întins, acoperindu-se cu pătura. Îi venea să o ia la fugă. Nu a avut decât un singur lucru de făcut: să încerce să se abțină să mai facă asta. Dar nu, bineînțeles că a trebuit să o dea în bară. Trebuia să revină la realitate, una dură și plină de nesiguranță. Dacă acum, în noaptea asta, avea un acoperiș deasupra capului, un pat și a mai și mâncat, pe deasupra, cine știe ce urma să-i rezerve viitorul. În fond, Clyde avea dreptate: de mâine dimineață, destinele lor nu se vor mai intersecta. Niciodată! Însă un lucru era sigur: nu va uita vreodată numele și chipul binefăcătorului ei. Acest singur lucru putea să-l prevadă despre ea. Nu putea să nu se întrebe dacă și el își va aminti vreodată de ea. Cum își va aminti? În ce mod? Și-o va aminti ca pe o biată victimă sau ca pe o prezență plăcută și exotică?

Alma a dat pătura la o parte și s-a dus până în fața ușii dormitorului lui. A zâmbit când i-a auzit glasul serios.

— Ce faci?! Ai înnebunit?!

— Nimic rău, Clyde! Din moment ce nu pot să prevăd viitorul, de unde știu eu că peste noapte nu vei da buzna peste mine în sufragerie? a spus ea zâmbind, lipindu-se cu spatele de ușa lui.

— Serios?! Acum ți-ai găsit să mă consideri un maniac?! Nu te mai prosti și deschide ușa. În privința acelui lucru, nu-ţi face griji: nu eşti genul meu de femeie, i-a zis el zâmbind, la rândul lui, lipindu-se cu spatele de uşă.

— Ce bine! M-am liniştit acum! Ei bine, nu ai decât să stai încuiat în camera ta până mâine dimineaţă, când voi pleca, iar coşmarul tău va lua sfârşit! i-a spus ea, realizând deodată că era încruntată, iar replica lui nu i-a fost tocmai pe plac.

— Bine, bine, cum vrei tu! Nu am mai întâlnit o nebunatică aşa ca tine! a replicat el, începând să râdă, deşi era puţin iritat de comportamentul ei infantil.

Era culmea! O fetiţă de optsprezece ani să-l scoată din minţi şi să-l încuie în camera lui. Nu i se mai întâmplase aşa ceva de pe vremea când a fost copil. Dacă ar fi fost vorba despre altcineva, sora lui, de exemplu, ar fi văzut ea. Dar cu Alma nu se putea comporta în acelaşi mod.

Clyde a închis ochii, amintindu-şi brusc momentul de mai devreme, când Alma i-a cuprins palma în mâna ei şi a început să-i ghicească. Nu erau decât vorbe în vânt, vicleşuguri feminine, precum acea fluturare a genelor ei, dar şi zâmbetul naiv... A deschis repede ochii, realizând că, dintr-odată, inima îi bătea puţin mai repede. Din cauza oboselii, cu siguranţă! S-a desprins de uşă şi s-a întins pe pat, dorindu-şi ca noaptea să se termine cât mai repede şi viaţa lui să revină la normal.

Alma s-a dus şi s-a întins pe canapea, rememorând toate momentele dintre ei. Nu ştia ce va fi cu viitorul ei, însă, pentru moment, nu putea decât să se bucure de ceea ce avea. Și-a amintit și de modul în care i-a simțit mâna masculină: deși era grea, nu părea să aibă nimic din brutalitatea pe care a văzut-o la bărbații din șatră. Clyde părea unul dintre *băieții buni*, cum îi plăcea ei să spună. În ciuda reacției lui, el nu putea fi altfel decât bun, din moment ce a făcut gestul de a o primi în casa lui pe ea, o necunoscută. În fine, trebuia să recunoască faptul că el era un bărbat frumos și bun, combinație atât de atractivă. S-a încruntat. De când avea o astfel de părere despre un bărbat? Doar a avut și amici băieți în șatră. Mda, exact: băieți. Niciunul nu avea masculinitatea lui Clyde și nici privirea lui. Și nici zâmbetul lui...

Alma s-a întors pe partea cealaltă, înciudată de propriile gânduri haotice. Nu era cazul să fie atât de sensibilă. Urma să aibă parte de cine știe ce surprize din partea vieții și trebuia să fie pregătită.

Capitolul 2

Clyde s-a trezit a doua zi de dimineață. Trebuia să se pregătească. Aștepta vizita surorii sale, Xenia, o tânără plină de viață, pe care o iubea enorm, chiar dacă uneori era o nesuferită, fiindcă se amesteca în viața lui. S-a îmbrăcat în pantaloni scurți și un tricou și s-a dus spre ușă. Surpriză însă: ușa cu geam de tip termopan era încuiată. A inspirat adânc, amintindu-și de ziua de ieri și de Alma. A strigat-o, ca să vină să-i deschidă ușa. Niciun semn însă. A strigat-o din nou, fără vreun rezultat nici de data aceasta. A început să se gândească la tot felul de lucruri negative; a spart cu un scaun geamul ușii, ca să poată ieși din cameră. A intrat în sufragerie, moment în care a constatat faptul că Alma nu mai era acolo. La fel se întâmplase și cu portofelul său, care lipsea de pe masă, acolo unde îl lăsa de obicei. Gânduri tot mai negre au început să-i treacă prin minte. Ce noroc pe el, să aleagă să fie un bun samaritean tocmai pentru o hoață și o profitoare.

În acele momente se considera cel mai naiv bărbat din Univers. Trebuia să aibă grijă ca sora lui să nu afle nimic despre cele întâmplate, altfel ar fi râs în hohote de el, toată viața. În clipa aceea, Clyde și-a urât bunătatea din el, promițându-și solemn că nu va mai face vreodată nici cel mai mic gest de bunătate. Oh, dar să o ferească cineva pe Alma de furia lui, asta dacă o va mai întâlni vreodată. Urma să îi arate și latura cealaltă a personalității lui și să-i prevadă un viitor la închisoare. Asta era predicția lui pentru ea.

Și-a strâns pumnii pe lângă corp, după care a inspirat adânc, impunându-și să se calmeze. În mod sigur, situația era neplăcută, dar trebuia să facă ceva, nu să stea să-și plângă de milă. S-a pus să adune cioburile de la geamul spart. Trebuia să găsească o explicație și pentru asta în fața surorii sale, care avea să-l enerveze cu tot felul de întrebări.

La un moment dat, a auzit ușa deschizându-se. În mod sigur era sora lui, s-a gândit el, după care s-a întors. Spre surprinderea lui, cea care se afla în pragul ușii era Alma, care îl privea zâmbitoare, având niște plase în mâini.

— Bună dimineața, Clyde! a spus ea zâmbind.

Starea de spirit i s-a schimbat însă atunci când i-a văzut expresia feței, dar și ușa dormitorului lui, care avea geamul spart. Clyde a privit-o cu furie. S-a dus spre ea și a luat-o de ambele brațe. A scuturat-o puțin, deși i-ar fi făcut mult mai mult. Cum îndrăznea să apară în fața lui după ce i-a făcut?!

— Ce faci?! De ce nu mi-ai deschis ușa de dimineață, așa cum am stabilit? De ce portofelul meu e la tine?! Și dă-ți hainele astea jos, nu sunt ale tale! i-a cerut el, cu o sclipire de furie în privire.

— În primul rând, dă-mi drumul! Nu ai niciun drept să pui mâinile pe mine! În al doilea rând, nu am crezut că te vei trezi atât de devreme. Am fost la magazinul de la parter, ca să cumpăr ceva pentru micul dejun. Voiam să pregătesc ceva delicios în semn de mulțumire pentru tot ceea ce ai făcut pentru mine și sigur că, neavând bani, am luat portofelul tău. Cât despre hainele astea, le-am găsit în baie și, neavând altele, am fost nevoită să le îmbrac, doar nu era să merg goală pe stradă, deși sunt convinsă că ți-ar plăcea. Însă nu vei avea plăcerea asta. Oricum, observ că ai înțeles greșit totul. Bine, fie! Îți las totul pe masă și voi pleca imediat, i-a spus ea, îndepărtându-se de el și lăsând plasele pe masă.

Acesta a clipit des, pentru a procesa informațiile primite. A văzut-o intrând în baie; după câteva minute, Alma a ieșit, îmbrăcată într-un tricou și o fustă lungă, articole vestimentare cumpărate, în mod sigur, din banii lui. Părul ei lung și brunet era în continuare liber, la fel de rebel ca și ea.

— Ascultă-mă bine, Clyde, fiindcă nu-ți voi spune asta decât o dată: nu am fost, nu sunt și nu voi fi niciodată o hoață! Nu am furat nimic în viața mea și nu voi începe acum! Să-ți fie rușine fiindcă ai crezut asta despre mine! Dar nu-i nimic, în clipa asta voi pleca și vei putea trăi liniștit, fără o problemă de genul meu! i-a spus ea, pălmuindu-l puternic peste față.

Clyde a prins-o de braț, înainte ca ea să-i întoarcă spatele și să plece.

— Să nu mă mai lovești vreodată! i-a cerut el, păstrând un ton poruncitor și furios.

— Nicio grijă, nu există riscul ăsta, doar urmează să plec chiar acum, i-a spus ea, privindu-l nervoasă.

Pentru o clipă l-a compătimit pentru urma roșie pe care i-a lăsat-o pe chip.

— Nici gând, nu pleci nicăieri! i-a spus el, ținând-o în continuare de braț.

— Ce înseamnă asta?! Cum adică nu plec?! Nu mă poți ține aici împotriva voinței mele! l-a înfruntat ea.

— Unde ai de gând să pleci? Ai găsit deja alt fraier pe care să-l păcălești?

— Pe stradă, dacă e nevoie! Nu exagera, ți-am explicat deja totul, brută! Dă-mi drumul, nu sunt un țânc, ca să mă ții așa!

— Zici că știi să gătești? a întrebat-o el, privind-o curios, neașteptându-se la așa ceva din partea ei.

Se părea că Alma era plină de surprize.

— Da, și? Am făcut un curs de bucătar, dacă vrei să știi. Oricum, ție nu-ți mai gătesc nimic, după scena de mai devreme, l-a amenințat ea, lăsând la iveală un surâs ironic.

— Ba da, în mod sigur o vei face!

— De ce aș face așa ceva, după modul în care m-ai tratat mai devreme?!

— Ca să te iert pentru ce m-ai făcut să cred despre tine, vrăjitoare mică! i-a spus el serios, eliberându-i brațul, după care a început să râdă în hohote, spre uimirea Almei, care îl privea cu niște ochi mari, surprinși.

— Ce te-a apucat?

— Nimic, nimic! Nu mă lua în seamă. Ascultă-mă, hai să facem așa. Îți propun un târg. Eu îmi cer scuze pentru scena de mai devreme, iar tu îmi gătești. Dacă îmi place cum gătești, te las să locuiești aici, în apartamentul meu, până vei avea o altă opțiune. Dar dacă nu îmi place, ei bine, știi deja unde e ușa, i-a zis el, zâmbind triumfător, după care a făcut un pas în spate.

În ce moment i-a remarcat buzele acelea roșii ca un trandafir care aștepta să fie cules? Spre binele lui, trebuia să stea cât mai departe de ea. Micile vrăjitoare ca ea aveau puteri pe care el nu voia să le cunoască.

— Bine! a spus Alma, aproape fără să răsufle. Mulțumesc! Mulțumesc mult! a adăugat ea, sărindu-i în brațe, spre surprinderea lui.

Numai după ce s-au privit, timp de câteva secunde, într-un mod ciudat și stânjenitor, ea s-a desprins de el, conștientă de roșeața instalată cu grație în obraji.

— Nu-mi mulțumi încă. Aștept, încă nu e gata mâncarea? a întrebat-o el, zâmbindu-i micii vrăjitoare cu buze roșii și cu părul negru, ușor ondulat.

Nici măcar nu voia să se gândească la faptul că i-a plăcut să o simtă în brațele lui, puțin mai devreme. Și-a impus să fie serios, în timp ce a urmat-o în bucătărie, acolo unde a privit întregul proces de preparare a mâncării. Putea să jure că Alma era stresată, gândindu-se la verdictul lui. Pe de altă parte însă, o vedea mișcându-se prin bucătărie cu o dexteritate mai aprigă decât a lui. Se vedea de la distanță că ea chiar știa ce face.

Chiar în momentul în care Alma se pregătea să îl întrebe ceva, a văzut ușa de la intrare deschizându-se. În apartament a intrat o tânără blondă, frumoasă, cu ochi căprui și o siluetă de invidiat. Era îmbrăcată într-o rochie ușoară, de vară, care îi evidenția trupul armonios. Alma a privit-o pe tânără cum se îndreaptă spre Clyde și îl îmbrățișează, moment în care și-a coborât privirea, simțindu-se jenată.

Cu numai câteva minute în urmă, ea a fost cea care l-a îmbrățișat. Cu siguranță, tânăra era iubita lui. Era frumoasă, trebuia să recunoască. Și se potriveau împreună. A observat și reacția lui; acesta a privit-o pe blondă cu o căldură înduioșătoare. Se gândea dacă vreodată se va uita și la ea vreun bărbat în modul acela, atât de frumos cum o privea Clyde pe tânăra blondă în acele momente.

— Bună, Clyde! Ce mai faci? i-a spus aceasta, sărutându-l pe obraz și îmbrățișându-l.

— Bună, Xenia! Sunt bine, mersi! i-a răspuns bărbatul zâmbind, deși ultimele ore au fost ciudate pentru el.

— Noroc că mai vin eu să te văd, pentru că tu nu prea te obosești cu vizitele. Rușine să-ți fie!

— Mda! Sunt ocupat, știi doar! i-a zis el, trecându-și mâna prin păr.

— O, acum am văzut că ești ocupat. Bună, tu ești noua iubită a lui Clyde? i s-a adresat ea Almei, privind-o cu simpatie.

La prima vedere, părea altfel decât celelalte iubite din trecutul lui.

— Bună! Noua iubită? Nu, în niciun caz! Oricum, eu mă numesc Alma! i-a spus ea, întinzându-i mâna, nu înainte de a se șterge cu un prosop de bucătărie.

— Xenia, vezi ce spui! a avertizat-o Clyde, privindu-le cu atenție pe cele două femei.

— Nu spun nimic. Era prima concluzie logică care mi-a trecut prin minte atunci când am văzut o tânără frumoasă în bucătăria ta. Dar stai puțin, dacă nu sunteți iubiți...

— Nu suntem iubiți! au spus ei în același timp, amuzând-o și mai tare pe Xenia.

— Bine, bine, nu săriți pe mine! Mă predau! Deci, care e povestea? a întrebat ea, privindu-i pe amândoi.

Era curioasă să afle toate detaliile. O tânără frumoasă care nu era iubita lui, dar se afla în casa acestuia, ei bine, asta era ceva nou.

— Ei bine, povestea e lungă, așa că... nu am timp să-ți explic. Pe scurt, Alma e... chiriașa mea. Mai bine ia loc și așteaptă. Până când e gata mâncarea, mai vorbim, i-a spus el, așteptându-se la alte întrebări.

Știa că Xenia era foarte nerăbdătoare să afle totul despre orice i se întâmpla.

— Ai chiriașă? În mod sigur, e ceva nou pentru tine. Stai atât de rău cu banii, încât a trebuit să faci asta? Știi prea bine că oricând poți să apelezi la...

— Taci, Xenia! Să nu mai spui asta! Știi prea bine că nu voi face așa ceva. Cât despre tine, Alma, iart-o pe Xenia. Sora mea mai mică are tendința de a vorbi prea mult.

— Bine, am înțeles! i-a zis Xenia surâzând ușor, văzându-i încruntarea.

Alma l-a privit rapid pe Clyde, după care s-a întors la prepararea omletei cu șuncă, care se făcea deja pe aragaz. Deci Xenia era sora lui. Desigur, asta nu însemna că el nu avea iubită. Nici nu putea fi altfel, din moment ce arăta atât de bine. Poate că era o tânără visătoare și naivă, dar putea să-și dea seama de frumusețea unui bărbat, atunci când aceasta exista. Iar la el era din plin.

Între timp, Clyde o luase deoparte pe Xenia.

— Ce așteptăm? l-a întrebat ea curioasă.

— Am supus-o pe Alma unui test. Dacă îmi place cum gătește, o voi lăsa să locuiască aici.

— Cu tine? Hmm, sună interesant! Îți place de ea?

— Da! Nu! Nu cu mine în sensul ăla... Nu te mai gândi la prostii! Tu vezi doar inimioare peste tot în jurul tău. Nu e mereu așa, i-a explicat el, privind-o cu seriozitate.

— La vârsta mea, cam ce vrei să văd? Nu am decât optsprezece ani. Și, în plus, îmi plac inimioarele și poveștile de dragoste, i-a răspuns ea zâmbind.

— Termină odată cu astea! Nu e vorba despre așa ceva aici!

— O, da? Dar despre ce anume e vorba? De ce nu-mi spui? Nu cred că ai luat-o pe fata asta de pe stradă, așa... din milă. În plus, e și frumoasă. Nu-mi spune că nu ai observat! Și apropo, pare mai drăguță decât fostele tale iubite. Bine, chiar și decât actuala, i-a zis ea, făcând o grimasă.

— Ești de groază câteodată, zău dacă nu. Îți voi spune cu altă ocazie ceea ce vrei să știi. Și nu mai vorbi așa despre Tiffany. E o fată foarte drăguță și nu cred că s-a purtat urât cu tine, altfel aș fi aflat deja despre asta.

— Dacă tu pui semnul egal între drăguță și superficială... Mă rog, treaba ta, nu-ți spun eu cu cine să... fii, i-a spus ea zâmbind.

— Hei, vezi ce insinuezi! Recunosc aluzia din privirea ta. O fată atât de tânără ca tine nu ar trebui să se gândească la... treburile mele.

— Bine, în cazul ăsta mă voi gândi numai la... treburile mele. Cred că am o întâlnire în scurt timp. Abia aștept să-l văd pe Chris, a spus ea și și-a fluturat genele, anticipând reacția fratelui ei.

— Ce?! Ce tot vorbești acolo? Ești prea tânără ca să ai întâlniri! a izbucnit el, spre amuzamentul surorii lui, dar și al Almei, care l-a auzit.

— Ei, hai, lasă dramele astea de frate mai mare. Parcă ai fi mama. Și nu sunt mică, sunt majoră, dacă îți aduci aminte. Așa că pot să merg la întâlniri când și cu cine vreau, l-a înfruntat ea serioasă.

— Și ce dacă ești majoră? Mama știe despre întâlnire? Ți-a dat voie?

— Serios? Doar nu te aștepți ca la vârsta mea să-i cer voie mamei să ies în oraș. În fond, nu e decât o întâlnire nevinovată.

— Mda, nu mai spune! Lasă că știu eu unde duc întâlnirile astea „nevinovate", i-a zis Clyde, încrucișându-și brațele, încercând să-și impună autoritatea.

— O, da? Și de unde știi, mă rog? Din proprie experiență? Nu ne acorzi nici măcar puțină încredere, mie și lui Chris, care e un băiat minunat.

— Da, sigur, așa sunt toți, până când obțin ceea ce își doresc.

— Să înțeleg că și tu faci parte din categoria asta? a continuat ea să-l sfideze.

— Xenia!

— Clyde! i-a replicat ea, zâmbind, deși îi putea citi nemulțumirea în privire.

— Xenia, Clyde, omleta e gata! Puteți veni să gustați, dacă vreți! i-a invitat Alma, zâmbind, încercând să detensioneze puțin atmosfera.

Cei doi frați au venit și s-au așezat la masă. Au început să mănânce, în timp ce Alma aștepta cu emoție răspunsul lui Clyde. Își dorea să aibă un loc unde să stea, dar și stabilitate în viața ei, acum mai mult ca oricând.

— Mmm, e foarte bună! Felicitări! a spus Xenia, mâncând cu poftă.

— Mersi frumos! i-a răspuns Alma, zâmbind, observându-l pe Clyde că nu spunea nimic și că nu mâncase decât foarte puțin.

— Haide, frățioare, spune-i fetei că e foarte bine ce a făcut. Lasă mândria la o parte și recunoaște că tocmai ai gustat cea mai bună omletă din viața ta, i-a zis Xenia, înghiontindu-l.

— Eu... mă întorc mai târziu. Tot atunci îți voi spune și ce am decis, a spus Clyde, privind-o rapid.

S-a ridicat apoi de pe scaun și s-a dus spre ușă, spre uimirea celor două femei.

— Hei, unde pleci? l-a întrebat Xenia, uimită de reacția lui.

— Să alerg. Am nevoie de mișcare. Mă întorc mai târziu, a mai spus el, după care a plecat, lăsându-le pe cele două tinere uitându-se mirate una la cealaltă.

— Ce a fost asta? a întrebat-o Alma pe Xenia, începând să guste din preparatul ei, pentru a-și da seama dacă era ceva în neregulă.

— Ăsta a fost Clyde nesuferitul. Fratele meu poate să fie și așa uneori. Nu-ți face griji, ce ai făcut e foarte gustos. Sunt convinsă că se simte puțin rănit în orgoliu și de asta reacționează așa. Nu-l băga în seamă, o să-i treacă și, în final, va trebui să accepte să locuiești aici, doar așa a fost înțelegerea, nu-i așa? Scuze, eu și gura mea mare!

— E-n ordine, înțeleg! E normal să fii curioasă în legătură cu persoanele din jurul fratelui tău. Asta nu arată decât cât de mult îl iubești. Și el te iubește, sunt convinsă de asta. Adică, am auzit o parte din discuția voastră. Acum, eu sunt cea indiscretă...

— Nu ești, stai liniștită! Pot să te întreb de când îl cunoști și cum s-a întâmplat asta? Oh, nici nu vreau să mă gândesc ce se va întâmpla când va afla Tiffany despre asta. Cu siguranță va avea un șoc. Fratele meu nu obișnuiește să aducă în casă alte femei în afară de iubita lui. Abia aștept să-i văd fața nesuferitei ăleia. Nu o suport! Nu știu ce a văzut fratele meu la ea, în afară de faptul că arată bine, trebuie să recunosc asta...

— O, Xenia, ești chiar amuzantă, știi asta? Cât despre întâlnirea dintre mine și Clyde, îl voi lăsa pe el să te lămurească.

— Bine, bine! Cât mister! Dar îmi plac misterele... Mulțumesc pentru masă, a fost foarte bun totul. Te ajut să strângi pe aici, după care plec la întâlnire, i-a spus ea zâmbind.

— Cu drag, dar nu e nevoie. Du-te, să nu întârzii. Cu siguranță, prietenul tău te așteaptă, i-a răspuns ea surâzând.

— Mersi mult, Alma! Ești grozavă, să știi. Sper ca nesuferitul de Clyde să accepte să locuiești aici. Presimt că noi două ne-am înțelege foarte bine, i-a zis Xenia, luând-o de mână.

— Și eu simt la fel, Xenia! Îți doresc o zi cât mai frumoasă și ai grijă de tine, i-a spus Alma zâmbind.

— Mulțumesc, la fel! Pa! i-a mai spus tânăra, după care a plecat, lăsând-o pe Alma într-o liniște tulburătoare.

A început să strângă de pe masă, conștientizând cât se simțea de singură. Era obișnuită să fie mai multe persoane în preajma ei, dar aprecia și momentele de singurătate. Mai era și incertitudinea în care o lăsase Clyde. De ce nu i-a dat un răspuns clar? Oare la ce se gândea el în acele momente? Bine măcar că nu i-a dat un răspuns negativ. Nu încă!

Poate că, totuși, era un semn bun... sau poate nu. Era groaznic să se gândească la locul unde urma să-și petreacă noaptea sau zilele următoare, dacă el o refuza. În plus, nu avea decât hainele de pe ea. Cine știe când își va putea cumpăra altele. Trebuia să se gândească la ceva și repede, fiindcă începea să suporte consecințele faptei ei nesăbuite – în opinia părinților și a comunității ei.

Neavând altceva de făcut, Alma și-a făcut o ciocolată caldă și a privit pe geamul bucătăriei soarele strălucitor de afară, căzând pe gânduri. Era o vreme foarte frumoasă, atât de însorită în comparație cu starea ei de spirit. Nu se mai simțise niciodată atât de pierdută și de lipsită de speranță ca în acele momente. Oare prin ce întâmplări urma să treacă până când urma să aibă parte de stabilitatea mult dorită? Oricum, nu voia mila nimănui. Voia să-și demonstreze că putea să se descurce de una singură.

După jumătate de oră...

Clyde a intrat rapid în apartament. Avea nevoie de un duș revigorant, după tura epuizantă de alergare. Aproape fără să-și dea seama, a căutat-o cu privirea pe Alma, însă nu a văzut-o pe nicăieri. Oare pe unde era micuța vrăjitoare? Doar nu avea unde să meargă, mai ales că se apropia seara. Cu siguranță urma să se întoarcă.

La o privire mai atentă însă, a observat un bilet pe măsuța din sufragerie. A început să-l citească, încruntându-se tot mai mult și simțind o oarecare vinovăție pentru atitudinea lui de mai devreme.

Dragă Clyde,

Îmi pare rău pentru că plec în modul acesta, însă nu mai suport incertitudinea asta. Sper să mă ierți dacă ți-am greșit cu ceva, dar vreau să știi că nu mi-am dorit să te supăr în vreun fel. De asemenea, vreau să-ți mulțumesc pentru bunătatea de care ai dat dovadă în privința mea, dar și fiindcă mi-ai suportat prezența – probabil neplăcută – în casa și în viața ta. Îți doresc să ai o viață cât mai frumoasă, să fii fericit și iubit așa cum îți dorești în adâncul inimii.

Cu drag,
Alma

Clyde a citit și recitit biletul de câteva ori. Sentimentul neplăcut de vinovăție îl încerca, resimțindu-l până în adâncul inimii. Uneori, micuța vrăjitoare era mai înțeleaptă decât el, își dădu el seama din ceea ce i-a lăsat scris. Dar cât de inconștientă putea să fie? Unde urma să-și petreacă noaptea? Nu se gândea la pericolele care o pândeau la orice pas? Aproape din instinct, Clyde și-a anulat întâlnirea din seara aceea cu Tiffany, și-a luat o geacă subțire, pentru orice eventualitate, și într-un exces de nebunie – cum îi spunea el – a plecat pe jos să o caute pe străzile din zonă. Până la urmă, Alma nu putea să ajungă prea departe, doar nu avea bani la ea, și, prin urmare, nu avea vreun mijloc mai rapid pentru a se deplasa prin oraş. Mai era și pericolul reprezentat de familia ei. Îi povestise ce urma să i se întâmple dacă era găsită. Nu putea să creadă că existau astfel de oameni pe lume, deși... Prefera însă să nu se gândească la subiectul acela dureros pentru el.

Mergând agale pe stradă, Clyde se gândea la o mulțime de lucruri; unele aveau legătură cu Alma, altele cu el. Amintiri triste din trecut îi reveneau în minte, însă trebuia să uite de ele, cel puțin pentru moment, pentru că avea ceva mai important de făcut. A fost un idiot fiindcă s-a purtat așa cu Alma, deși aceasta nu merita. A fost luat prin surprindere de calitățile ei culinare, deși, dacă era să recunoască, a cam fost surprins de ea în întregime. Dacă avea să o regăsească vreodată, urma să-i spună că, în dimineața aceea, a mâncat cea mai bună omletă din viața lui și să se scuze pentru comportamentul lui prostesc. Nici el nu-și putea explica propria reacție.

A continuat să meargă pe jos și să parcurgă câteva străzi din apropiere, trecând pe lângă Catedrala Sfântul Ioan, căutând cu privirea prin mulțimea de oameni, localnici, dar și turiști atrași de frumusețea capitalei Maltei. Adevărul era că străduțele înguste și viu colorate îl fermecau chiar și pe Clyde, chiar dacă el era obișnuit cu peisajul, deoarece crescuse acolo.

La un moment dat, Clyde a făcut o oprire rapidă la o tarabă, de unde și-a luat o înghețată, numai bună pentru a-l ajuta să continue căutarea. A mers apoi până a ajuns în Portul Marsamxett, aflat în zona de vest a capitalei, zonă care adăpostește mai multe porturi de iahturi. S-a oprit cât mai aproape de apă, admirând albastrul curat și fermecător al acesteia. Știa că era un norocos pentru că avea șansa să trăiască într-un astfel de loc.

În sinea lui știa că e o nebunie să caute o persoană între atâția oameni, dar ceva mai puternic decât logica îl obliga să facă acest lucru. Era ca și cum ar fi căutat acul în carul cu fân. Se gândea că, dacă nu o găsea în ziua aceea, nu prea mai avea rost să continue.

Poate că aceasta era voia destinului. S-a încruntat, gândindu-se la toate acestea. Începea să gândească la fel ca Alma. De când lua el în considerare destinul, el care nu credea în așa ceva? Mai avea puțin și începea să se încreadă și în ceea ce i-a prevestit ea, atunci când i-a ghicit în palmă.

Dacă se gândea puțin, putea să admită că viața lui a fost mai mult sau mai puțin banală, cu obișnuitele sau nu prea conflicte dintre generații – având în vedere desele discuții în contradictoriu dintre el și tatăl lui. Ei bine, nu avea de gând să fie fiul perfect pe care tatăl lui îl aștepta, ci avea de gând să-și trăiască viața așa cum dorea, liber de orice constrângeri. Chiar și mama lui îl sprijinea pe tatăl lui, pe soțul ei, lucru oarecum de înțeles, până într-un anumit punct. În fine, dacă era să recunoască un lucru, singura persoană pe care o iubea cu adevărat dintre toți membrii familiei era sora lui, Xenia. Ea a fost singura care l-a susținut în dorința lui de independență, lucru pentru care o aprecia enorm. Deși uneori îl scotea din sărite deoarece era foarte curioasă în privința vieții lui personale, trebuia să recunoască că și el era la fel în privința ei, iar dacă cineva ar fi supărat-o, nu ar fi ezitat să o ajute și să o apere. Oare când a trecut timpul și Xenia a împlinit optsprezece ani? Exact vârsta Almei, dacă stătea să se gândească.

Cam multe coincidențe și întâmplări stranii în ultima vreme, cugeta el, privind la micile valuri ale apei. Oare trebuia să-și reconsidere, fie și într-o mică măsură, sistemul de gândire? Toate acestea erau oare un semn prevestitor?

Clyde s-a întors cu spatele spre apă, hotărând să plece spre casă. Pierduse destul timp cu lucruri inutile. Era cazul să-și vadă de treaba lui și să înceteze să se mai joace de-a bunul samaritean. A mers pe jos înapoi acasă, iar drumul a durat cam jumătate de oră. Ajuns acasă, a văzut din nou biletul lăsat de Alma pe măsuță. Cuprins parcă de un sentiment straniu, a luat biletul și a vrut să-l arunce, decis să încheie acel episod din viața lui. Dar când a ajuns în fața coșului de gunoi, s-a răzgândit. Încruntat și furios pe sine însuși, a luat biletul și l-a pus între paginile unei cărți din bibliotecă.

S-a dus apoi la baie, acolo unde a făcut un duș, după care s-a răzgândit și a sunat-o pe Tiffany. Ea era iubita lui, femeia de care trebuia să se preocupe, în loc să piardă timpul cu fleacuri. În plus, a avut o zi plină și trebuia să se odihnească, fiindcă mâine urma să înceapă o nouă săptămână. Cine știe cu ce clienți va mai avea de-a face. Oricum, trebuia să recunoască faptul că Alma a fost cea mai neobișnuită clientă pe care a avut-o. Aproape fără să vrea, a rememorat toate momentele petrecute în compania ei, începând cu clipa în care aceasta s-a urcat grăbită în taxiul lui, îmbrăcată în rochie de mireasă, dornică să scape de o căsătorie aranjată și de o viață pe care nu și-o dorea.

Amintindu-și toate acestea, Clyde a zâmbit. Deși el și ea erau atât de diferiți, admira determinarea tinerei de a-și găsi propria cale. Dacă era să-și compare povestea de viață cu a ei, putea să afirme că se asemănau, într-o oarecare măsură. Cu siguranță, la rândul său, Clyde îi dorea Almei o viață frumoasă, plină de visuri împlinite.

Fiindcă soneria de la ușă se auzea tot mai puternic, s-a dus să deschidă. Era Tiffany, iubita lui. După ce a îmbrățișat-o și a sărutat-o, cei doi și-au petrecut noaptea împreună. Viața își relua, în sfârșit, cursul firesc, iar acest lucru nu putea să fie decât pozitiv. Coincidențele, destinul, ghicitul în palmă... Ce erau toate astea? Nimic, în comparație cu logica și rațiunea. Iar el era, cu siguranță, un om al acestora din urmă, care acționa rareori din instinct.

Capitolul 3

După o săptămână...

Noaptea se lăsa încet. Clyde s-a dus să preia o ultimă comandă. Abia aştepta să ajungă acasă şi să aibă parte de un somn odihnitor. Era obosit după tura epuizantă pe care a avut-o. După câteva minute de mers, a oprit în dreptul unui club de noapte. De acolo trebuia să ia un client care se părea că a băut cam mult.

Nu frecventa astfel de locuri, însă bănuia la ce ar trebui să se aştepte atunci când a intrat acolo. Trebuia să ia clientul de la o anumită masă, apoi urma să plece, lucru pe care de abia îl aştepta. Muzica asurzitoare, fumul şi luminile îl oboseau şi mai mult. Mulţi bărbaţi aclamau dansatoarele care îi fermecau cu mişcările lor ameţitoare de dans.

Un minut mai târziu, Clyde a fost întâmpinat de una dintre ele, care s-a şi lipit de el într-un mod care nu lăsa loc de nicio interpretare.

— Hei, frumosule, eşti nou pe aici, nu-i aşa? l-a întrebat bruneta cu forme apetisante.

Nu purta decât o bustieră, care îi evidenţia sânii, şi o fustă extrem de scurtă.

— Bună! Nu sunt aici pentru spectacol.

— Doar nu ești polițist? i-a zis ea, privindu-l speriată, uitând de tonul provocator.

— Nu, sunt șofer de taxi! Caut un client la masa trei. Îmi spui unde e?

— Ah! Da, e pe acolo, tot înainte. Te mai aștept pe aici în timpul liber. Ne vom distra foarte bine împreună, l-a asigurat ea, privindu-l insinuant, punându-și palma pe pieptul lui, timp de câteva secunde.

— Mda, nu cred că va fi cazul, dar mersi oricum. O seară frumoasă! i-a spus Clyde zâmbind, după care i-a dat mâna la o parte și s-a dus spre locul indicat.

A continuat să zâmbească, fiind convins că a văzut-o pe brunetă încruntându-se, vizibil nemulțumită de răspunsul lui. Din păcate pentru aceasta, fetele ca ea nu erau genul lui. De fapt, nici el nu știa prea bine care era genul lui, însă aprecia altfel de femei decât cele de aici, de asta era sigur.

La un moment dat, Clyde a ridicat mâinile pentru a opri căderea unei ospătărițe care s-a împiedicat și i-a ajuns în brațe, exact înainte de a ajunge la masa căutată.

— Scuze, nu am vrut..., s-a scuzat tânăra, întorcându-și chipul spre el.

Clyde a avut un șoc la vederea acesteia. Putea recunoaște dintr-o mie chipul acela și ochii plini de mister.

— Alma! Ce faci aici? Ce caută o fată ca tine într-un loc ca ăsta? a întrebat-o el, nerealizând că încă o ținea în brațe.

— Clyde! Sunt bine acum, poți să-mi dai drumul din brațe, i-a cerut ea pe un ton tăios, deși inima îi bătea mai tare ca la maraton.

Vizibil încurcat, acesta a eliberat-o din brațele lui, însă nu s-a mișcat din fața ei. Aștepta explicații și o privea cu o seriozitate care o intimida.

— Muncesc aici, după cum vezi! Se pare că m-am descurcat foarte bine și fără ajutorul tău.

— Asta numești tu foarte bine? Locul ăsta nu e pentru tine și tu știi asta. Și hainele astea... Sunt prea..., i-a zis el indignat.

— Cine crezi că ești?! Tatăl sau iubitul meu?! În mod cert, nu ești nici unul, nici altul, și nici nu ai dreptul să mă iei la întrebări, așa că... N-ai decât să te prefaci că nu m-ai văzut și să-ți vezi de treaba pentru care ai venit aici! i-a replicat ea, privindu-l furioasă.

Clyde s-a încruntat, după care i-a făcut semn să aștepte. A scos telefonul din buzunar și i-a trimis mesaj unui coleg, ca să vină să-l ia pe clientul din bar. A luat-o apoi pe Alma de mână și a ieșit cu ea afară din bar. Aveau multe de vorbit și nu voia să fie întrerupți.

— Bine, nu sunt ce ai spus tu, dar am niște lucruri să îți spun. În primul rând, îți vreau binele, chiar dacă am făcut și lucruri impulsive, i-a zis el, făcând aluzie la ceea ce s-a întâmplat în urmă cu o săptămână.

— Dacă îmi voiai binele, nu reacționai așa cum ai făcut-o. M-ai făcut să mă simt îngrozitor, deși nu eram vinovată de nimic.

— Știu și îmi pare rău! Mi-am promis că, dacă te voi revedea îți voi spune asta. M-am comportat prostește, am fost un mascul orgolios în momentul ăla, știu și recunosc asta. După ce am citit biletul scris de tine, te-am căutat ore întregi pe străzi pentru a încerca să-mi repar greșeala, dar nu te-am găsit, din păcate.

— Tu... m-ai căutat? Pe mine?

— Da! Și iată că te-am găsit, câteva zile mai târziu, în locul în care mă așteptam cel mai puțin, i-a zis el, încrucișându-și brațele.

— Mda! Oricum, mulțumesc pentru intenția de a te scuza, e nobil din partea ta să faci asta, însă trebuie să mă întorc la treabă. Abia am început să câștig niște bani și nu vreau să pierd slujba asta fiindcă stau aici, de vorbă cu tine. Din punctul meu de vedere, ești iertat, dar se pare că drumurile noastre se despart aici și acum. Ai scăpat de o problemă din viața ta, de mine, așa că trebuie să fii mulțumit. Mulțumesc pentru tot, încă o dată! Ai grijă de tine! i-a spus ea, după care l-a sărutat pe obraz, simțind o strângere de inimă.

— Mulțumesc și eu, dar nu cred că asta e soluția pentru problemele tale.

— La ce te referi? Problemele mele nu te privesc!

— Ce faci acolo, ești doar ospătăriță?

— Da, în mod sigur nu sunt și dansatoare. Le-am precizat asta, în mod clar, celor care m-au angajat. Mă bucur că am un job și un loc unde să dorm. Nu-mi trebuie mai mult deocamdată. Unde vrei să ajungi cu toate întrebările astea?

— Mda, și cred că s-au lăsat convinși și s-au speriat foarte tare de tine. Cât crezi că va mai dura până când îți vor cere să dansezi? Sau poate chiar mai mult...

— Eu cred că se vor ține de cuvânt. Ce știi tu despre asta, nu îi cunoști.

— Fată naivă! Uite de unde știu: cei care dețin locuri ca ăsta nu se pot numi oameni de cuvânt. În plus, când am intrat aici, mai devreme, una dintre dansatoare m-a abordat într-un mod explicit și nu cred că voia doar să îi privesc spectacolul, i-a explicat el, privind-o insinuant.

— Serios? Și tu ce i-ai zis? l-a întrebat ea în grabă, realizând abia apoi cum putea el să interpreteze asta.

— Ești curioasă, nu? i-a zis el zâmbind.

— Nu! Nu am vrut să sune așa, ca și când... Ai înțeles greșit, era doar o curiozitate, i-a spus Alma, roșind dintr-odată, spre iritarea ei.

Faptul că el era acolo și o privea atât de intens, iar ea era îmbrăcată doar într-o rochie destul de scurtă, o făcea să se simtă cam ciudat. Cine credea Clyde că e, să-i ceară socoteală pentru ceea ce făcea? Și de ce trebuia să-i zâmbească așa, de parcă nu ar fi știut cât era de frumos? Și inima asta, care nu o mai lăsa în pace, deși ea încerca să fie liniștită în preajma lui.

— Am refuzat-o! i-a zis el râzând. În fine, nu asta e important, ci ceea ce vreau să-ți propun.

— Serios? Spune repede, trebuie să plec la treabă.

— Vreau să-mi răscumpăr cumva greșeala față de tine și vreau să îți propun să te întorci să locuiești cu mine. Adică în același apartament, vreau să zic. Poți apoi să-ți cauți un alt job, mai onorabil, ca să spun așa.

— Și ce vrei în schimb? Asta dacă accept, desigur. Nu-mi spune că faci asta din bunătatea inimii tale! i-a zis ea, privindu-l cu severitate.

— Calmează-te, nu e nimic ciudat la mijloc. Vreau doar să-mi gătești. Mi-ai dovedit că poți să faci asta foarte bine.

— Așa deci! Când trebuie să-ți dau răspunsul?

— Acum!

— Ți-l voi spune mâine. Acum mă întorc la treabă, am pierdut destul timp aici, cu tine, l-a înfruntat ea, privindu-l cu aroganță.

— Nu, nu va fi așa! Nu te întorci acolo, i-a spus el hotărât, luând-o de mână și mergând spre mașină.

— Hei, ce faci?! i-a zis ea, încercând să-l facă să se oprească.

— Eu? Nu fac nimic, dar tu tocmai ți-ai dat demisia, i-a explicat el, luând-o în brațe și ducând-o până la mașina lui, în ciuda protestelor ei.

Ceva mai puternic decât el îl determina să reacționeze astfel.

— Ce crezi că faci?! Nu poți să mă iei pe sus ca pe o păpușă! Lasă-mă jos, ne vede lumea! i-a spus ea, lovindu-l în piept cu pumnii ei mici, încercând să se elibereze.

— Lor nu le pasă ce facem noi, sunt prea beți pentru a reacționa. Și nu te iau ca pe o păpușă, fiindcă numai asta nu ești! i-a replicat el, deschizând ușa mașinii și așezând-o pe locul din dreapta.

— Și cum sunt, mă rog? l-a întrebat ea, observând rapiditatea cu care a intrat și el în mașină.

— Încăpățânată! Foarte încăpățânată! Nu ai recunoaște faptul că îți fac un bine nici în ruptul capului, i-a zis el privind-o rapid, demarând în viteză de acolo, îndreptându-se spre casă.

— Nu e adevărat! Și dacă ar fi așa, nici tu nu ești mai bun decât mine! Ascultă-mă, trebuie să mă lași să cobor și să plec, bine? Ceea ce faci tu se numește răpire și nu e în regulă. Ai putea avea probleme cu poliția din cauza asta. Gândește-te bine la ceea ce faci!

— Nu trebuie să-mi fac griji din cauza asta, i-a zis el zâmbind.

— De ce?! Cum poți să fii atât de liniștit? Eu nu vreau să fiu aici, cu tine! i-a spus ea, privindu-l cu seriozitate.

Inima îi bătea parcă și mai tare, ca și cum i-ar fi făcut în ciudă minții.

— Fiindcă ție nu îți place să mergi la poliție. Cât despre faptul că nu vrei să fii aici, cu mine, asta spui acum, dar te vei răzgândi când vei înțelege că, deocamdată, eu reprezint soluția salvatoare pentru tine. Și, doar ca să-ți fie clar, m-am cam săturat să gândesc și să analizez lucrurile. Am început să acționez din instinct, și asta numai din cauza ta.

— Nu cred! Nu ești întreg la minte! i-a zis ea pe un ton mai slab.

Clyde avea dreptate. Nu-i plăcea să meargă la poliție. Și avea dreptate și în privința celor de la club. Cine știe ce ar fi trebuit să facă în continuare, doar pentru a-și păstra slujba. Era din nou în grija lui, la fel ca acum câteva zile. În schimb, o uimea ceea ce Clyde tocmai a recunoscut. Până la urmă, ei nu erau decât doi străini, nu exista vreun motiv pentru care acesta să-și facă atâtea griji pentru ea.

Drumul a fost parcurs în liniște, fiecare având propriile gânduri de care să se preocupe.

Odată ajunși în apartament, Clyde și-a așteptat din nou rândul la baie, acest lucru făcându-l să zâmbească. Era ca și cum povestea se repeta. Avea de gând să-și repare greșeala și să-și împace propria conștiință. Ceva îi spunea însă că va avea mult de furcă cu mica vrăjitoare, dar și cu gândurile sale, care nu-i dădeau pace. Ceva s-a întâmplat cu el atunci când Alma i-a ieșit în cale, trebuia să admită asta. Aproape că se gândea la ea mai mult decât la Tiffany, iar asta nu era bine și nici corect. Trebuia să-și analizeze cu atenție sentimentele, pentru a putea lua o decizie. Până la urmă, liniștea și fericirea lui depindeau de asta.

— Să nu mă mai încui în cameră, bine? Nu îmi permit să schimb geamul termopan de la ușă în fiecare săptămână, să știi, i-a zis el zâmbind, înainte de a merge la baie.

I-a observat chipul rozaliu, surâsul și ochii. Ochii aceia pe care nu și-i putea scoate din minte. Ce se întâmpla cu el de era atât de sensibil când venea vorba de ea?

Alma s-a întins pe canapea și a închis ochii. Se simțea oarecum recunoscătoare, fiindcă se simțea din nou în siguranță. Și... i-a fost dor de el, trebuia să recunoască. S-a întrebat de multe ori, în zilele în care nu l-a văzut, oare cum o mai duce Clyde. Nimeni nu s-a mai purtat astfel cu ea: bine și straniu, în același timp. Și stările pe care le avea atunci când era aproape de el... Cum își putea explica toate astea?

Tânăra a tresărit atunci când l-a auzit mergând spre camera lui, fără să-i spună ceva. Cu siguranță, el credea că ea doarme și nu voia să o trezească. Mai bine așa, s-a gândit ea, ținând ochii închiși în continuare, dorindu-și să adoarmă cât mai repede. A zâmbit, fiindcă avea de gând să-i respecte dorința de a nu-l mai încuia în cameră. Putea să aibă încredere în el, era sigură de asta. În fond, nu oricine ar fi făcut gestul de a o primi în casă, având în vedere faptul că era o necunoscută și luând în calcul și etnia ei.

Un sentiment de tristețe și de neputință a cuprins-o din nou, ca de fiecare dată când se gândea la lucrurile acelea. De ce oamenii, în general, sunt atât de duri și îi etichetează pe ceilalți în funcție de prejudecăți, nețінând cont de cât de mult rău pot să facă? Ei bine, Clyde nu se încadra în tipologia aceea, după câte se părea, având în vedere comportamentul lui uman în ceea ce o privea.

Clyde s-a întins pe pat, simțind o liniște binefăcătoare. În sfârșit, Alma se afla unde trebuia, adică în siguranță. Nu știa de ce, dar se simțea, într-o oarecare măsură, responsabil pentru ea, mai ales acum că lucrurile începeau să se așeze, să se stabilizeze. În perioada în care urma să fie chiriașa lui, trebuia să se asigure că totul e în ordine între ei.

Capitolul 4

În ziua următoare, Clyde s-a trezit de dimineață. Urma să plece la serviciu. În drum spre baie, trebuia să treacă prin fața bucătăriei. S-a oprit timp de câteva secunde acolo, fiindcă aroma îmbietoare îi punea la grea încercare simțurile. A văzut-o pe Alma gătind și dansând în fața aragazului. Felul în care își ondula mijlocul era amețitor, iar modul în care trăia, cu tot trupul ei, melodia aceea era captivant. A privit-o câteva clipe, mânat de o forță stranie, mai puternică decât rațiunea.

Ea stătea cu spatele la el și nu știa că e privită. La un moment dat, s-a întors și l-a văzut în pragul ușii, privind-o uimit. A tresărit ușor, încercând să vorbească pe tonul obișnuit.

— Bună dimineața, Clyde! Mâncarea e aproape gata, poți să iei loc dacă vrei. Și... scuze pentru ceea ce ai văzut, nu știam că ești acolo, i-a explicat tânăra, roșind.

Cu siguranță, a râs de ea în momentele acelea, se gândea Alma.

— Bună dimineața, Alma! Nu-ți face griji, nu e nimic. Oricum, numai ce am ajuns, nu eram de mult aici, i-a zis el, zâmbind, neputându-se abține.

Alma l-a privit surprinsă. Lui nu-i prea stătea în fire să zâmbească, dar când îl surprindea astfel, o lăsa fără grai. În plus, arăta atât de bine în cămașa aceea și în blugi. Atât de frumos și de masculin, încât aproape că uita să respire normal.

— Minți! M-ai văzut! Recunoaște, Clyde!

— Bine, bine, m-ai prins! Te-am văzut, dar nu mă deranjează, atât timp cât nu răsună muzica dincolo de apartamentul ăsta. Adică nu vreau să am plângeri de la vecini, cred că înțelegi asta, i-a spus el, înaintând spre ea.

S-a oprit brusc, sprijinindu-și mâinile de spătarul unui scaun.

— Înțeleg și nu aș face asta, Clyde. Voi încerca să nu îți fac probleme, cât timp voi locui cu tine. Aici, adică..., s-a corectat ea brusc.

— Nu am nicio îndoială în privința asta. Vin imediat! i-a zis el, zâmbindu-i din nou, după care a ieșit din bucătărie.

Alma și-a dat seama că a rămas locului, privind lung în urma lui. De când făcea ea astfel de lucruri? Și de când un zâmbet și o privire aveau puterea să o lase fără glas, să nu-și mai recunoască propria voce atunci când, în sfârșit, reușea să vorbească?

A inspirat adânc, după care s-a întors rapid spre aragaz, oprindu-l. A pregătit apoi masa și s-a așezat, realizând că așteaptă. Că îl așteaptă. Să vină să mănânce, desigur. Doar nu era să mănânce fără el.

După câteva minute, Clyde a intrat în bucătărie și s-a așezat la masă.

— Arată foarte bine! i-a spus el, dornic să nu repete greșeala de zilele trecute.

— Mulțumesc frumos! Nu e mare lucru, dar am încercat. Sper să îți placă și gustul, i-a zis ea, fericită datorită cuvintelor lui.

— Cu plăcere! i-a spus el, după care a început să mănânce, fiind încântat de gust și de aromă.

— Îți place? l-a întrebat ea curioasă și nerăbdătoare.

— Da, e foarte bun. Chiar te pricepi la asta.

— Mulțumesc! Îmi place foarte mult să gătesc, să încerc rețete noi și să personalizez mâncarea în funcție de preferințele mele. Și, desigur, să adaug ingredientul secret: pasiunea.

— Asta e foarte bine. Continuă tot așa, e bine să ai o pasiune și să o urmezi. Numai dacă ne urmăm visurile putem fi fericiți cu adevărat, așa cred.

— Așa e! i-a răspuns ea, bucuroasă că el gândea astfel.

Era atât de bine să poată să discute normal, fără să se contrazică la fiecare cuvânt.

— În altă ordine de idei, când pleci tu la serviciu, voi merge și eu să caut un job decent pe aici, prin zonă.

— Bine, mă bucur! Vezi numai să nu mergi prea departe. Adică, să nu te vadă cine nu trebuie.

— Așa voi face! i-a zis Alma, știind că el se referă la familia ei.

— Și eu trebuie să îți spun ceva, adică să te rog ceva, dacă se poate...

— Sigur că da, spune!

— Poți să pregătești azi iepure la cuptor? Vine iubita mea, Tiffany, diseară la cină și vreau să o surprind. Desigur, îi voi spune cine a făcut mâncarea și vă voi face cunoștință. E o fată simpatică, vei vedea. Sunt convins că vă veți înțelege de minune.

— Da, sigur că voi face asta! Dar de ce tocmai acest fel de mâncare? E preferatul ei?

— Îi place și ei, dar mai ales mie. E preferatul meu! i-a mărturisit el cu un surâs atrăgător pe chip.

— Am înțeles! Totul va fi gata până diseară, l-a asigurat ea, privindu-l cu atenție, înghițind în sec.

Tocmai i se confirmase faptul că el avea iubită, lucru normal pentru un bărbat atât de atrăgător ca el. Clyde merita să fie iubit și apreciat, recunoștea acest lucru.

— Mersi frumos, îți rămân dator. Mă scuzi, dar trebuie să plec acum. Ne vedem mai târziu. Îți las bani pentru cele necesare și o cheie de la apartament. Am plecat! O zi bună să ai! i-a zis el zâmbind, după care și-a luat portofelul și geaca subțire și a plecat.

Alma a luat banii și cheia și le-a pus în buzunarul fustei lungi, apoi a strâns masa. După ce a lăsat totul în ordine, a plecat, încuind ușa în urma ei. Nu voia să-i mai dea vreun motiv de neîncredere lui Clyde. Mergea încet pe stradă, simțind nevoia de aer proaspăt și de mișcare. Spera să găsească un job aproape de zona în care locuia el.

După aproximativ o oră de încercări eșuate, Alma a intrat într-o florărie care avea ușile deschise, florile expuse având un parfum îmbietor. De obicei, nu intra într-un magazin dacă nu trebuia să cumpere ceva, însă s-a gândit să cumpere un fir de trandafir, pentru a-l așeza pe masă, la cină. Era o mică atenție din partea ei.

Înăuntru, căldura verii era suportabilă datorită aerului condiționat, iar frumusețea florilor care își așteptau cumpărătorii o făcea să le admire cu drag. Îi plăceau florile, în special buchetele, dar mai ales trandafirii roșii, preferații ei.

Uitându-se mai bine, Alma a văzut o femeie în vârstă în spatele tejghelei, care o privea cu o curiozitate blândă. A înaintat spre acea doamnă, observând modul extravagant în care era îmbrăcată. Vestimentația acesteia avea culori puternice, țipătoare, în ciuda vârstei și a seriozității pe care, în mod obișnuit, era învățată să o atribuie persoanelor vârstnice. În ciuda acestui lucru, femeia avea un chip plăcut și o privire blândă, întruchipând tiparul de bunicuță perfectă.

— Bună ziua!

— Bună să-ți fie ziua și inima, draga mea! i-a spus femeia zâmbitoare.

— Aveți niște flori minunate aici, să știți! Și locul acesta e... perfect, arată foarte bine! i-a zis Alma, încântată de ceea ce vedea.

— Mulțumesc, dragă! Mă bucur că îți place. Spune-mi cu ce îți pot fi de folos?

— De fapt, caut...

— Oh, lasă-mă să ghicesc! Vrei ceva deosebit, pentru o ocazie specială, nu-i așa?

— Așa e! De unde știți? a întrebat-o Alma surâzând.

— Ei bine, nu e atât de greu de ghicit. Cei mai mulți dintre clienții mei doresc așa ceva, dar tu ai privirea aia...

— La ce vă referiți?

— Îmi amintești de mine pe vremea când aveam vârsta ta. Anii aceia în care simțim că lumea e a noastră și că putem să facem absolut tot ce ne propunem. Și, mai văd ceva!

— Ce este? a întrebat-o ea, surprinsă plăcut de spiritul de observație al femeii.

— E sclipirea aceea specială a femeii îndrăgostite. Îmi place atât de mult să văd asta în ochii oamenilor care intră aici. Oamenii nu ar trebui să uite să iubească. Să se iubească. Pe ei înșiși, dar și pe cei apropiați. Iubirea e o magie care nu ar trebui să dispară vreodată. Asta e, nu-i așa? Ești îndrăgostită de cineva!

Alma a făcut un pas în spate. A simțit cum i se face pielea de găină. Era ca și cum ea avea parte de tratamentul pe care ea i l-a aplicat lui Clyde. Acum simțea, pe propria piele, cum e să ți se ghicească până în străfundul inimii.

— Cred că vă înșelați. Nu e asta! Nu sunt îndrăgostită de nimeni! Nici nu aș avea cum, nu am un iubit.

Și totuși, cuvintele femeii o surprindeau. Doar nu era o carte deschisă, nu ea...

— Cine spune că e nevoie de un iubit pentru asta? Iubirea apare oriunde și oricând. Și nu e obligatoriu să fie iubitul tău ca să simți ceva pentru el. Dar îți spun că ai sclipirea aceea în ochi, fie că ești conștientă de asta, fie că nu.

— Ascultați... toate astea sunt foarte ciudate. Sunteți sigură că am intrat într-o florărie și nu am nimerit în altă parte?

— Ai ajuns exact în locul potrivit, draga mea! Trecând acum la ceea ce îți dorești, lasă-mă să îți arăt trandafirii aceștia roșii. Nu sunt minunați? i-a zis ea, arătându-i trandafirii care erau așezați la loc de cinste, astfel încât să fie cât mai vizibili și mai atractivi.

— Da, sunt! i-a răspuns Alma, admirându-i și mângâindu-le ușor petalele delicate.

Erau pur și simplu superbi. Dacă ar fi putut, i-ar fi luat acasă pe toți și ar fi făcut în așa fel încât aceștia să nu se ofilească vreodată. Atât de mult îi plăceau.

— Ei bine, câți ai dori?

— Doar unul! Dar să fie frumos. Minunat, superb și magnific. Unic! Oh, deja vorbesc fără sens, nu-i așa? Dar sunt atât de frumoși, încât e dificil să aleg.

— Te înțeleg și ai dreptate! Vezi tu, se spune că florile ne înțeleg și reacționează la modul în care ne purtăm cu ele. De asemenea, le place să li se vorbească. Tocmai din acest motiv, sunt sigură că vei găsi trandafirul potrivit pentru tine. Îl vei recunoaște dintre mulți alții. Nu trebuie decât să îți deschizi inima și să îl privești cu atenție. Exact așa se întâmplă și în cazul bărbaților, i-a explicat femeia zâmbind.

— Mulțumesc! Sunteți foarte drăguță!

— Asemenea! Acum te las să îți alegi trandafirul. Dacă ai nevoie de ajutor, mă chemi.

Alma i-a mulțumit, atât verbal, cât și din priviri, după care și-a îndreptat atenția asupra florilor favorite. Părea că toate o îmbiau să le aleagă. După câteva secunde de meditație, l-a găsit. Stătea mândru și frumos în mijlocul celorlalți, ca și cum ar fi știut că ocupă un loc important. Era roșu, frumos, magnific și unic. Nici boboc, nici prea desfăcut. Era perfect!

Nu a stat mult pe gânduri și a întins mâna spre el. Își simțea inima bătându-i cu putere. Spera ca gestul ei să fie apreciat.

Alma a luat trandafirul în mână și s-a dus la casă, pentru a-l plăti.

— E foarte frumos! Să te bucuri de el! Și nu, nu îmi trebuie bani. Lasă-mă să ți-l ofer.

— Dar...

— Din moment ce ești prima clientă pe ziua de azi, lasă-mă să fac gestul acesta pentru tine. Insist!

— În cazul acesta, nu pot decât să vă mulțumesc din suflet! Am o ultimă întrebare pentru dumneavoastră, înainte de a pleca.

— Spune, draga mea!

— Știți cumva dacă există vreun loc de muncă prin zonă? Prin apropiere?

— Pentru tine?

— Da!

— Hmm, stai să mă gândesc. Cred că știu unul!

— Da? Unde e?

— Chiar în locul în care te afli acum. Încă e devreme și nu am reușit să pun anunțul în vitrină, însă căutam pe cineva care să mă ajute pe aici. Am început să îmbătrânesc și simt că nu mă mai pot descurca de una singură.

— Serios? Și e posibil să fiu una dintre candidate? a întrebat-o Alma cu nerăbdare și entuziasm.

— Da, sigur! De fapt, dacă vrei, te voi angaja pentru o perioadă de probă și, dacă te descurci, postul e al tău. Ce spui?

— Nu pot decât să spun că vă mulțumesc enorm! E cea mai bună veste pe care am auzit-o în ultima vreme, a recunoscut ea cu voce tare.

De obicei, nu era atât de deschisă în fața unei persoane străine, însă doamna aceea avea darul de a o face să vorbească, de a-și deschide inima.

— Nu ai pentru ce, draga mea! Și eu mă bucur că am găsit o soluție pentru locul acesta. Apropo, mă numesc Phoebe Brown, i-a spus femeia, întinzându-i mâna.

— Iar eu mă numesc Alma! Îmi pare bine să vă cunosc! i-a zis ea, nemaiîncăpându-şi în piele de bucurie.

Atât de rar i s-a întâmplat să primească o şansă, încât preţuia fiecare ocazie pe care o întâlnea.

— Deci, de când ai putea să începi?

— De mâine, dacă se poate! i-a spus Alma zâmbind.

— Desigur! Te aştept aici mâine! Îţi doresc o zi minunată!

— Mulţumesc, asemenea vă doresc! Ne vedem mâine! i-a mai zis Alma, înainte să plece de acolo şi să cumpere toate cele necesare pentru a pregăti iepurele la cuptor, felul preferat de mâncare a lui Clyde.

I se părea că pluteşte pe drum, nu că merge, atât de bucuroasă era. În sfârşit, avea ocazia să lupte în mod onest pentru visul ei. În fond, un restaurant nu se deschidea atât de uşor.

Odată ajunsă acasă, Alma a pus cumpărăturile pe masă, după care a început să pregătească iepurele la cuptor. Era entuziasmată datorită lucrurilor frumoase care i se întâmplaseră de dimineaţă, dar şi în ultimele zile, dacă era să se gândească. Avea un loc unde să doarmă şi nu era nevoită să stea pe străzi sau în cine ştie ce locuri periculoase. De asemenea, avea şi un loc de muncă, alt lucru îmbucurător.

A dat drumul la muzică, fiindcă îi plăcea să fie acompaniată astfel în timpul oricărui lucru pe care îl făcea.

Cu zâmbetul pe buze, și-a amintit povestea iepurelui maltez. Se spunea că, într-un an de foamete, un cavaler maltez a adus de pe continent iepurii, care s-au înmulțit într-atât încât au devenit un fel de mâncare națională.

A spălat pulpele din spate ale iepurelui, iar apoi le-a prăjit în ulei. A călit apoi ceapa, măslinele și piperul boabe, pe care le-a stins cu un vin bun. A adăugat în ploaie nucșoara, sarea, piperul măcinat și sosul de roșii fără coajă. A pus această compoziție peste pulpele de iepure și le-a lăsat la cuptor pentru aproximativ patruzeci de minute, la 180 de grade.

În timpul acela, a pregătit și un desert, deși Clyde nu i-a cerut. Simțea nevoia să facă și ceva dulce, iar dacă avea ocazia, de ce să nu mai exerseze?

Alma a făcut *Cassata*, mici prăjiturele din pastă de migdale, umplute cu ricotta dulce și garnisite cu fructe confiate, o specialitate specific malteză.

Cât timp a așteptat să fie gata ambele delicatese gastronomice, a citit o carte dintre cele pe care Clyde le avea în biblioteca din sufragerie. Era o carte fascinantă despre istoria Maltei, care făcea referire și la renumiții cavaleri maltezi. Un episod impresionant din istoria țării era acela în care, în anul 1565, în urma luptelor dintre otomani și cavalerii ioaniți, Malta a primit numele de *insula eroilor*, iar lumea îl considera pe Jean de la Valette, marele maestru al Ordinului Cavalerilor Ioaniţi, cel mai curajos dintre toţi. Victoria cavalerilor ioaniţi era considerată ca fiind una a creştinismului. A urmat o perioadă extraordinară în istoria ordinului, o perioadă caracterizată de o arhitectură şi o cultură înfloritoare în Malta. Capitala Valetta a fost reconstruită din temelii. A fost realizată o reţea de străzi şi de alei, în aşa fel încât briza mării să străbată oraşul. Au fost create sisteme avansate pentru aprovizionarea cu apă, iar ordinul a continuat să prospere datorită flotei măreţe şi a sistemului medical de top.

Jean de la Valette a murit în anul 1568, cu puţin înainte ca nou construitul oraş să devină sediul ordinului. La câţiva ani după moartea sa, a fost ridicată Catedrala Sf. Ioan, acolo unde pictorul Caravaggio şi-a aşternut capodopera, *Tăierea capului Sfântului Ioan*. Caravaggio a intrat şi el în rândul cavalerilor, dar, în urma unor conflicte cu liderii, i s-a retras titlul. A fost încarcerat în fortăreaţa de la Sfântul Angelo, dar a izbutit să fugă în Sicilia.

Câteva zeci de minute mai târziu, Alma a închis cartea şi s-a dus să scoată preparatele din cuptor. A auzit uşa deschizându-se şi l-a văzut pe Clyde intrând, însoţit de o frumoasă tânără, blondă, înaltă, cu un corp ademenitor, făcut să cucerească. Aceasta îl ţinea de braţ pe Clyde, într-un mod posesiv, ca şi cum şi-ar fi marcat teritoriul.

Cuplul a înaintat spre ea și s-a oprit la câțiva pași distanță.

— Bună, Alma! Ți-o prezint pe Tiffany, iubita mea! Tiffany, ea e Alma, fata despre care ți-am vorbit.

— Bună, Alma! Îmi pare bine, i-a spus Tiffany, întinzându-i rapid mâna, măsurând-o din cap până în picioare.

— Bună! Și mie îmi pare bine! i-a răspuns Alma, dând mâna cu ea, după care și-a dus-o la frunte.

Îi era cald și, cu siguranță, arăta cam ciufulită, în timp ce iubita lui Clyde părea scoasă din cutie. Avea un sentiment inconfortabil gândindu-se la asta, dar nu se putea abține.

— Ooo, Alma, nu știu cum ai făcut, dar mâncarea miroase atât de bine încât abia aștept să fie gata, i-a zis Clyde zâmbind.

— Mulțumesc frumos! Nu mai trebuie să aștepți, mâncarea e gata! i-a răspuns ea, invitându-i la masă.

Nu a putut să nu observe sclipirea malițioasă din privirea iubitei lui Clyde. Probabil că acesteia nu i-a plăcut faptul că el a lăudat-o. Dar pentru ea însemna enorm acest lucru și se bucura, iar bucuria asta nu i-o putea lua nimeni.

Cei doi îndrăgostiți s-au așezat la masă, moment în care au observat trandafirul roșu din vaza așezată în mijlocul mesei.

— O, Clyde, te-ai gândit la toate! E o cină cu adevărat romantică. Mă întreb ce alte surprize mi-ai pregătit.

— Ăăă, mă bucur că îți place, dar ideea cu trandafirul nu îmi aparține. Tu ai făcut asta, nu-i așa, Alma?

— Da, sper că e în regulă!

— Este! i-a zis el zâmbind.

— Mda, sigur... Mulțumesc frumos, Alma! Ești o adevărată comoară la casa omului, așa s-ar spune, nu? a întrebat Tiffany cu dulceață în glas, dar cu venin în privire, venin pe care doar Alma i-l vedea.

— Nu aș merge atât de departe cu laudele. Mulțumesc, oricum! Ăăă, eu vă las, ies în oraș să iau aer. Voi fi prin preajmă și nu voi lipsi mult. Poftă bună! le-a zis ea, ștergându-și palmele de șorț.

— Nu rămâi cu noi la cină? a întrebat Clyde, privind-o ușor surprins.

— Nu, mersi frumos! Am mâncat! Vă las! Am plecat..., le-a zis ea, ieșind apoi din sufragerie și mergând în camera ei.

Simțea nevoia de singurătate, de aer curat, de evadare din locul acela; simțea nevoia să-și pună gândurile în ordine. Ceva se întâmpla cu ea, de asta era sigură. Nu știa exact ce, dar trebuia să iasă de acolo chiar și pentru câteva minute.

— Las-o să plece, Clyde! Nu vezi că vrea să fie singură și să ne lase și pe noi singuri? l-a întrebat Tiffany, ușurată că, în sfârșit, erau singuri.

Alma și-a luat geanta și s-a îndreptat spre ieșire. În drumul ei, a zărit cu coada ochiului o fotografie în care Clyde se afla la bordul unei bărci pescărești. Se părea că era o amintire importantă și dragă pentru el.

Și zâmbetul pe care îl avea... Alma a ieșit din locuință cu o viteză mai mare decât a prevăzut și a început să se plimbe pe străzi, în drumul ei spre port. Știa că trebuie să ajungă acolo, deoarece era locul în care își putea găsi liniștea.

În drum spre port, a văzut o mulțime de oameni, turiști sau localnici care dădeau culoare locului. Nu-și putea imagina un loc mai frumos decât Malta ei natală, cu istoria și frumusețea indescriptibilă a peisajelor de vis. Chiar dacă viața ei a devenit o mare necunoscută peste noapte, știa că își dorește să trăiască tot în țara ei. Nu se vedea locuind în altă parte.

Câteva minute mai târziu, a ajuns în port și s-a așezat pe o bancă, privind peisajul superb din fața ochilor ei: apa liniștită, turiștii și localnicii ocupați cu treburile lor zilnice și, desigur, *luzzu,* micile bărci pescărești din lemn, colorate în special în albastru, care reprezentau o atracție specifică zonei. Cei mai mulți localnici se ocupau cu pescuitul, activitate din care obțineau venitul pentru familiile lor. În opinia ei, aceasta era o ocupație frumoasă, dar dificilă și plină de provocări.

Era plăcut să privească la tot ceea ce se întâmpla în jurul ei și să mediteze la ceea ce trebuia să facă în continuare. Drumul pe care îl începuse nu era deloc ușor, însă își dorea să reușească să-și îndeplinească dorințele mai mult decât orice. În fond, nu avea decât o viață de trăit. Visa la clipa în care își va vedea numele pe sigla restaurantului pe care își dorea să-l deschidă într-o zi. Se gândea, uneori, și la familia ei, însă nu-i putea ierta și nici nu putea să se întoarcă vreodată acasă. Știa și că nu ar fi putut să trăiască alături de un bărbat pe care nu îl iubea, cel care a fost ales pentru ea. Nu era genul de femeie care să ducă o viață falsă, lipsită de iubire, numai de dragul aparențelor. Nu putea decât să-și urmeze inima. În definitiv, asta a făcut toată viața, deoarece credea cu tărie că numai astfel putea să fie fericită cu adevărat.

În privința lui Clyde însă, era o cu totul altă poveste. Îi era recunoscătoare pentru gestul lui de bunătate, acela de a o primi în casa lui, lucru pe care nu mulți oameni l-ar fi făcut, având în vedere originile ei etnice, dar și în privința ideii de a ajuta un străin, în general. Cei ca ea stârneau neîncredere și repulsie, știa asta. A avut ocazia să constate acest lucru în nenumărate rânduri. Însă Clyde a făcut ceva neașteptat de bun și de frumos pentru ea, deși nu îi plăcea să i se atragă atenția asupra faptului că era un om bun, pentru că el nu se considera astfel. Dar ea îl putea contrazice cu brio. Dacă nu ar fi fost el, la ora asta ea ar fi bântuit pe străzi, în cine știe ce mediu neprielnic. Pe lângă faptul că era un bărbat bun, Clyde era și frumos și misterios. Îi plăcea mult de el, însă știa că trebuia să aibă grijă, pentru ca admirația pe care o simțea pentru el să nu se transforme în altceva. În plus, el avea iubită, lucru deloc de neglijat. Trebuia să se rezume la a găti pentru el și atât. Mai ales că urma să își caute, cât de curând, o nouă locuință de închiriat, pentru a nu-l mai deranja. Nu putea decât să spere că viața îi va oferi tot ceea ce își dorea, dar mai presus de orice își dorea stabilitate.

Între timp, în apartamentul lui Clyde

— La ce te gândești, iubitule?

— La nimic, în mod special, i-a răspuns Clyde, fără prea mare tragere de inimă.

Nici el nu reușea să-și explice ce era în mintea lui. Alma era totuși majoră, nu trebuia să fie atât de preocupat pentru ea.

— Parcă ai fi cu gândul în altă parte. Despre Alma e vorba, nu-i așa?

— Da, m-ai prins!

— Ce este? Nu-ți place cum gătește? Nu se comportă cum trebuie? În cazul ăsta, spune-i și dă-o afară. Nu trebuie să o ții aici. Oricum, nu știu de ce te încăpățânezi atât de tare cu fata asta, de parcă ai face o operă de caritate. Știu că nu mi-ai spus prea multe despre ea, dar nu pot să-mi explic de ce vrei atât de mult să o ajuți. Chiar nu poți găsi o soluție în privința ei? i-a zis ea pe un ton dulce.

Nu mai suporta să știe că iubitul ei locuia cu o altă tânără, în aceeași casă.

— Nu e vorba despre asta, Tiffany! Fac doar ceea ce simt și tot ce știu e că ea are nevoie de ajutor.

— Înțeleg asta, dar nu pot să fiu de acord cu faptul că o altă femeie locuiește cu tine, în casa ta. De asemenea, trebuie să te întreb ceva. Îți place de ea în sensul acela, așa cum un bărbat place o femeie?

— Nu, Tiffany, nu e vorba despre așa ceva! Nu vorbi prostii! Sunt doar puțin îngrijorat pentru ea, atâta tot. Nu e nimic ciudat la mijloc, i-a spus el vehement, simțind totuși un nod în gât.

— Bine, să presupunem că e așa cum spui tu și că nu îți place de Alma. Să revenim la noi. Ai organizat cina asta cu un scop anume? i-a zis ea, luându-l de mână.

— Am organizat cina asta pentru a petrece timp împreună. Doar ne e bine, nu?

— Tu să-mi spui asta! În ultimul timp am impresia că ești puțin cu gândul în altă parte. Clyde, știu că nu îți va plăcea ceea ce vei auzi, dar, pentru liniștea mea, trebuie să îți spun asta. Știu că suntem doar de vreo şase luni împreună, dar știi prea bine ce vreau de la relația noastră. Vreau stabilitate. Ești de aceeași părere? Nu s-a schimbat nimic între noi?

— Din punctul meu de vedere, totul e în regulă, suntem împreună, e bine, doar că nu vreau să grăbim lucrurile. Știi la ce mă refer.

— Da, știu, dar nu mai pot și nu mai vreau să aştept, Clyde. Eşti un tip grozav, dar dacă nu te decizi mai repede, mă vei pierde. Am aşteptat destul! Îți dau timp de gândire o săptămână, dacă vrei să-mi adresezi marea întrebare, dacă nu...

— În acest caz, nu am nevoie de o săptămână. Îți dau răspunsul chiar acum. Știi că detest să mi se forţeze mâna, Tiffany. Nu îmi doresc să mă însor, cel puţin nu în viitorul apropiat. Credeam că ai înţeles asta până acum.

— Şi eu credeam că lucrurile s-au schimbat între timp. Poate că, totuşi, în zilele următoare te vei răzgândi, i-a zis Tiffany pe un ton rece, după care şi-a luat geanta şi a plecat.

Dar nu avea de gând să accepte atât de simplu o înfrângere. Totul era din cauza fetei ăleia care, cu siguranţă, i-a sucit minţile. Cu prima ocazie, când urma să o întâlnească, avea să aibă o discuţie serioasă cu Alma.

Clyde a rămas oarecum surprins, însă nu a încercat să o oprească. Şi dacă se gândea mai bine, parcă nici nu îşi dorea. Era mai bine să o lase să se calmeze. Poate că era doar o toană trecătoare din partea ei. Nu putea decât să lase destinul să îşi urmeze cursul. Oh, dar la ce se gândea? Cum adică destinul? Deja începea să gândească la fel ca Alma?

În acel moment, uşa apartamentului s-a deschis, iar Alma a intrat în hol. Clyde a privit-o cum şi-a lăsat geanta pe cuier, iar apoi a intrat în bucătărie. A văzut surprinderea de pe chipul ei când a văzut că e singur.

— Bună! Ce s-a întâmplat? Tiffany a plecat atât de repede? l-a întrebat ea curioasă.

Nu i-a scăpat faptul că el nu arăta prea bine. Părea trist.

— Bună! Da, a plecat! Ne-am despărţit! i-a zis el, stând în picioare în faţa mesei.

— Ce?! Cum? Scuze, știu că nu e treaba mea, dar... adică, mai devreme a fost aici, iar tu ai pregătit o cină pentru ea și...

— Mai degrabă tu ai pregătit o cină pentru ea. Da, e adevărat, ne-am despărțit, i-a zis el, încercând să nu pară prea afectat.

Oricum, spre surprinderea lui, ceea ce trăia acum nu îl tulbura foarte mult. Oare inima lui era, cu adevărat, de piatră?

— Eu... Nu știu ce să spun! E trist, oricum! Cred că ar trebui să ies din nou, să te las puțin singur, i-a propus ea, privindu-l cu seriozitate.

Părea ușor tulburat, dar nu citea o suferință reală pe chipul lui. Oare pe bărbatul acesta nu-l atingea nimic? Era indiferent la tot ceea ce se întâmpla în jurul lui? Nu că ar fi fost treaba ei, dar nu se putea abține să nu se gândească la asta.

— Nu e nevoie să pleci! Abia te-ai întors! Dacă simt nevoia, voi ieși eu. Ce pot să spun? Poate că nu sufăr la fel ca tine sau în același mod ca tine.

— Clyde, nu trebuie să-mi explici nimic! Nu e treaba mea! Eu doar... s-a întâmplat să mă întorc de la plimbare, apoi am aflat asta și... Sunt doar puțin surprinsă, atât.

— E în ordine, nu trebuie să te justifici.

— Nici tu.

— Știi, m-am cam săturat să mi se spună ce trebuie să simt, cum să mă simt sau cum trebuie să fac lucrurile. De ceva timp încoace, fac lucrurile așa cum vreau eu. Dacă cineva nu e de acord cu modul meu de a gândi, nu îl oblig să rămână lângă mine. Scuze, cred că am simțit nevoia să spun asta.

— E în regulă, poți să spui orice. Te pot asculta, dacă vrei, i-a spus ea, după care s-a așezat pe un scaun din bucătărie.

În sinea ei, recunoștea că l-ar fi ascultat întruna, numai să-l audă vorbind. Îi plăcea timbrul vocii lui, dar și modul în care încerca să nege faptul că era un bărbat bun. Îi plăcea... de el. Dar nu era momentul pentru astfel de gânduri.

— Cred că nu am mare lucru de spus. Voi fi bine! i-a zis el, așezându-se pe un scaun lângă ea. Vrei să mănânci? Cred că ți-e foame după plimbare.

— Cred că da! Puțin! i-a răspuns ea, surprinsă să vadă că el o servea, ca și când ar fi fost cel mai important lucru de făcut în acel moment.

Privindu-l cum se mișca, se simțea absorbită de prezența lui. În mod clar, îi plăcea să-l vadă în preajma ei.

— Mulțumesc! E foarte bună! i-a zis ea, începând să mănânce.

— Evident, doar ai făcut-o tu!

— Ce pot să spun? Mersi, din nou. Mă bucur că ți-a plăcut! i-a spus ea, scăpându-i un surâs.

Deși situația era tensionată, nu se putea abține. Ceea ce era mai intimidant era faptul că el o privea cu blândețe, lucru pe care nu știa cum să-l interpreteze.

— Clyde!

— Ce e? Vrei să te las singură?

— Nu! Doar că...

— Se pare că niciunul dintre noi nu vrea să fie singur în minutele următoare. Ce e?

— Vreau să-ți mulțumesc din nou pentru tot ceea ce faci pentru mine. Apreciez enorm asta și te asigur că voi încerca să-mi găsesc o locuință de închiriat, pentru ca tu să-ți poți relua viața în liniște. Ai nevoie să fii singur și liniștit, nu crezi?

Tu ești... Aș vrea să-ți pot spune cât ești de minunat și de dulce. Și de bun. Și... frumos. Nu știu ce să mă fac cu tine, dar știu că, dincolo de orice, nu te voi uita niciodată..., s-a gândit ea cu tristețe.

— Nu-ți face griji pentru asta, nu e nicio grabă. Să nu ne gândim la asta acum, i-a zis el cu un surâs întipărit pe chip.

Alma l-a privit surprinsă, iar după ce a terminat de mâncat, s-au ocupat împreună de strânsul mesei și de spălatul vaselor.

— Eu mă duc la culcare, i-a spus Clyde. Noapte bună și o zi ușoară mâine!

— Mersi, la fel! Noapte bună! i-a zis Alma, după care s-a dus în camera ei, privind încă o dată în urma ei.

I se părea ei sau și el a făcut același lucru? Cu siguranță, avea nevoie de un somn bun. Și trebuia să lase deoparte ceea ce i se părea că vine din partea lui. Interpreta greșit amabilitatea lui, asta era tot.

Capitolul 5

În ziua următoare, Alma s-a trezit de dimineață pentru a merge la florărie. După ce a luat micul dejun, l-a văzut pe Clyde intrând în bucătărie. Avea un aer misterios, somnoros și ușor confuz, cel puțin în opinia ei. Era îmbrăcat cu o pereche de blugi negri și o cămașă gri, haine care îi sporeau frumusețea. Cu siguranță, se pregătea, la rândul lui, să meargă la serviciu.

— Bună dimineața, Alma! Ce matinală ești! i-a zis el, în timp ce și-a turnat o ceașcă de cafea.

Alma și-a amintit că trebuie să spună ceva. Nu putea numai să-l admire, ar fi dat de bănuit.

— Bună dimineața, Clyde! Da, așa e! Mă pregătesc să merg la florărie, azi e prima mea zi de lucru.

Clyde s-a așezat la masă și a privit-o cu atenție. Alma arăta întocmai ca o floare: proaspătă, dulce, inocentă și feminină, în același timp. Rochia pe care o purta era roșie, de lungime medie, fără decolteu; îi plăcea simplitatea ei. Și-a strâns degetele în jurul cănii de cafea, pentru a-și reveni din contemplare. Nu voia ca ea să-l considere vreun ciudat, fiindcă nu era.

— Da, știu! Te duc eu acolo. Dacă vrei...

— Dar... nu e nevoie, nu e departe, i-a zis ea surprinsă, zâmbind aproape fără să-și dea seama.

— E-n regulă, florăria e în drumul meu, i-a răspuns el zâmbind.

— Bine! În cazul ăsta, ar trebui să plecăm. Nu vreau să întârzii!

— Bine, să mergem! i-a spus el.

S-au ridicat de la masă și, după ce au strâns, Alma și-a luat geanta și au plecat spre florărie. Drumul a fost foarte scurt, fiindcă florăria se afla foarte aproape de apartamentul lui Clyde.

— Ei bine, am ajuns! Îți mulțumesc! Să ai o zi bună, Clyde! i-a zis ea zâmbind.

Simțea că e o plăcere să se rătăcească în ochii lui căprui. Oh, nu! Imaginația i-o lua din nou razna.

— Cu plăcere! Mulțumesc, la fel! O zi bună și ție, Alma! Ne vedem mai târziu, i-a spus el, zâmbind la rândul lui.

A închis ușa la mașină, după care l-a privit cum pleacă. S-a întors apoi spre florărie și a intrat rapid, mustrându-se în gând. De când făcea ea astfel de lucruri? Nu voia să facă nimic greșit, dar nu se putea abține. Era ceva la el care o atrăgea ca un magnet. Ceva mai presus de rațiune, de fire, de natura umană. Ca și cum simțea că el ar fi avut nevoie de ea. Desigur că, pentru toate aceste gânduri era de vină imaginația ei romantică, însă nu li se putea opune. Era sigură de faptul că vârsta fragedă o făcea să viseze astfel. Cu siguranță, simțea nevoia de iubire în viața ei, de cineva care să o prețuiască și să o aprecieze exact așa cum era, pentru cine era.

— Bună dimineața, doamnă Brown! Am venit! i-a zis Alma, înaintând spre femeia care o aștepta dincolo de tejghea.

— Bună dimineața, draga mea! Bine ai venit! Ai ajuns devreme.

Phoebe a ocolit tejgheaua și a venit spre ea. A îmbrățișat-o, de parcă ar fi cunoscut-o de când lumea, după care a invitat-o să ia loc la măsuța care se afla lângă ele. A început apoi să-i explice ceea ce trebuia să facă.

— Cum e, cum ți se pare? a întrebat-o Phoebe, sorbind din ceaiul aromat de fructe.

— Totul e foarte clar. Am înțeles și pot să spun că mă încântă ideea de a avea grijă de flori, mai ales de unele atât de frumoase ca acestea.

— Mă bucur! Căutam de ceva timp pe cineva potrivit pentru treaba asta. Sper că îți place ceaiul, dragă. Mie îmi place foarte mult.

— Și mie îmi place! E foarte bun, mulțumesc! i-a zis Alma zâmbind.

— Știi, am o curiozitate...

— Da, spuneți!

— Ce părere a avut despre trandafir persoana pentru care l-ai luat?

— I-a plăcut...

— Bine, mă bucur! Acum, spune-mi: locuiești în apropiere? Sunt doar curioasă, să știi...

— Da, așa e! Stau aproape de florărie, a spus ea, fără să adauge altceva.

Nu stătea prea bine cu încrederea în oameni și era mai bine să se limiteze cu oferirea de informații suplimentare.

— Asta e bine! Programul e flexibil și sper să îți placă, i-a zis Phoebe, observând umbra care a trecut pe chipul tinerei.

Câteva ore mai târziu, după încheierea programului, Alma s-a dus acasă. Se simțea puțin obosită, dar fericită și împlinită. A avut o zi plină, dar și relaxantă. Să se afle printre flori era o bucurie pentru ea. Aroma, culorile și frumusețea lor o cucereau de fiecare dată când le vedea. La toate aceste lucruri s-a gândit ea, în timp ce a mâncat. S-a uitat la ceas. Mai era o oră până avea să ajungă Clyde acasă. Un zâmbet a înflorit pe chipul ei, gândindu-se la asta. Însă a fost trezită din visare de soneria de la ușă.

Alma s-a ridicat și s-a dus să deschidă ușa. A surâs când a văzut că era Xenia.

— Bună, Alma!

— Bună, Xenia! Intră! i-a zis ea zâmbind, după care a închis ușa.

— Sper că nu deranjez! i-a spus Xenia, așezându-se pe scaun.

— Nu, deloc, dar Clyde nu e acasă încă. Vrei să mănânci ceva?

— Nu, mulțumesc, am mâncat deja. De fapt, te căutam pe tine și mă bucur că ești aici.

— Pe mine? Bine, cu ce te pot ajuta?

— Problema e că eu și Chris suntem invitați la nunta unei verișoare de-a lui și trebuie neapărat să-mi cumpăr o rochie. Și cum nu vreau să merg singură, voiam să te rog să mă însoțești. Ce spui?

— Oh! Vrei ca eu să vin cu tine? a întrebat-o Alma uimită, dar încântată.

— Da! Nu pot să merg cu mama la astfel de cumpărături. M-ar critica dacă nu i-ar plăcea rochia pe care mi-aș alege-o. În plus, prietena mea e plecată din oraș, așa că tu ai fost prima persoană la care m-am gândit.

— În cazul ăsta, ce pot să spun? Bine, vin cu tine!

— Ce bine! Mulțumesc! Putem să mergem acum?

— Da, numai să strâng masa și să spăl vasele.

— Bine! Te ajut, numai să mergem mai repede. Abia aștept! i-a zis Xenia fericită.

A ajutat-o, după care s-au urcat în mașina Xeniei și au plecat spre magazin. Odată ajunse acolo, cele două tinere au admirat frumusețile expuse în vitrinele luminate. Xenia s-a uitat cu atenție, s-a gândit și, în cele din urmă, a ales să probeze o rochie albastră, de lungime medie, pe un singur umăr, asimetrică în partea inferioară.

— Îți vine foarte bine! Arăți minunat, Xenia! i-a zis Alma zâmbind.

Admira frumusețea Xeniei și spera că viața a fost mult mai frumoasă pentru sora lui Clyde decât a fost pentru ea. Era o fată plină de viață și merita tot ce era mai bun.

— Mulțumesc mult, Alma! Și mie îmi place enorm, i-a spus Xenia, încântată de felul în care arăta.

— Cu plăcere! i-a răspuns Alma zâmbind.

— Bine! Acum că am găsit rochia, putem pleca, asta dacă nu vrei și tu ceva.

— Nu, mulțumesc! Putem pleca! i-a zis Alma, după care a așteptat ca Xenia să iasă din cabina de probă.

Între timp, a admirat o rochie roșie care se afla chiar în fața ei. Nu își permitea să o cumpere și, oricum, nu ar fi avut unde să o poarte. Era prea frumoasă ca să viseze la o astfel de rochie. Trebuia să strângă bani pentru a-și găsi un nou loc în care să stea, dar și pentru a deschide un restaurant numai al ei. Un vis atât de frumos, dar imposibil de realizat momentan. Nu putea decât să spere că totul va fi bine. Nu avea altă variantă.

Cele două tinere s-au dus apoi la o terasă din apropiere, unde au servit un suc rece, numai bun pe vremea aceea călduroasă.

— Mulțumesc fiindcă ai venit cu mine, Alma! Ești o fată de treabă, și sper că pot să mai apelez la tine uneori, dacă ești de acord, desigur.

— Cu drag! Sigur că da! Dacă se poate, de ce nu? i-a zis Alma zâmbind.

— Mă bucur! Acum, spune-mi despre tine, ce mai faci, cum mai ești?

— Bine, mulțumesc! Azi am început să lucrez la florăria din apropierea apartamentului lui Clyde.

— Ce bine! Și cum ți se pare?

— Foarte bine! Îmi place să fiu înconjurată de flori și să văd oameni care vor să facă o bucurie cuiva prin intermediul lor.

— Ce frumos! Și mie îmi plac florile. De fapt, cui nu i-ar plăcea? Sunt atât de frumoase. Și Chris mi-a dat un buchet de crini roz, florile mele preferate. Ah, Chris! E un băiat atât de bun și de dulce.

— Asta e foarte bine. Sper să fiți fericiți!

— Mulțumesc! Și eu vreau asta, dar când părinții mei vor afla despre noi... Ei sunt mai dificili.

— Poate că așa sunt părinții, în general, dar sunt sigură că îți vor binele.

— Da, poate! Numai că, deocamdată, mi-e teamă să le spun. Nu vreau să ne despartă.

— Părerea mea e că ar trebui să le spui adevărul. Cu cât aștepți mai mult, cu atât e mai rău.

— Și Chris e de aceeași părere. Nu vrea ca relația noastră să fie un secret. Știu că are dreptate, așa cum ai și tu, dar... Numai când mă gândesc la reacția lor, mi-e teamă.

— E normal, dar tot cred că adevărul e cea mai bună soluție. Întotdeauna.

— Bine, voi încerca! Gata cu discuțiile despre mine. Știi că mâine e ziua lui Clyde?

Numele acestuia a făcut-o pe Alma să tresară. Asta nu făcea parte din planul ei, dar nu s-a putut abține.

— Nu!

— Ei bine, acum ştii. Secretosul de Clyde, nici asta nu ţi-a spus. Trebuie să-i iau ceva. Nu e vreun pretenţios şi se bucură de orice cadou primit din partea mea. În orice caz, cel mai bun cadou pentru el e faptul că a scăpat de înfumurata aia de Tiffany.

— Xenia, eşti o mare figură, ştii asta? i-a zis Alma zâmbind, neputându-se abţine.

— Ce? E adevărat! Enervanta aia voia să se mărite cu el, deşi nu erau nici măcar de un an împreună. Şi modul în care se purta, în general. Îhh! Nu o puteam suporta! Ce bine că e din nou singur. Poate că, în sfârşit, va găsi femeia perfectă pentru el. Oricum, tot ce îmi doresc e să fie fericit. Merită asta, mai ales după câte a avut de suferit. E un băiat de treabă şi merită tot ce e mai bun.

Alma a observat tristeţea care a apărut pe chipul Xeniei. Se gândea că nu e treaba ei să întrebe ceva despre asta, deşi o parte din ea şi-ar fi dorit acest lucru.

— Ştii ceva? Gata cu tristeţea. Hai să mergem să-i luăm ceva lui Clyde, i-a spus ea zâmbind, încercând să o încurajeze pe tânără.

— Bună idee! Vrei să-i iei şi tu ceva? a întrebat-o Xenia, puţin mai veselă.

— Da, desigur! Ceva simbolic, dar vreau. Aşa e frumos, nu?

— Ai dreptate! Să mergem! i-a zis ea zâmbind.

Au mers în cel mai apropiat magazin de cadouri pentru a-i face o surpriză lui Clyde. După aproximativ jumătate de oră, Alma și Xenia au găsit ceea ce și-au dorit, iar apoi au mers acasă.

Ajunse în locuință, au fost întâmpinate de Clyde, care părea foarte serios.

— Bună, Clyde! i-au zis ele în cor.

— Bună, Alma, Xenia! Îmi spuneți și mie pe unde ați fost? le-a întrebat el, simțindu-se ușurat fiindcă cele două au fost împreună.

— Bineee! Eu duc pungile astea în camera ta, Alma, după care mă întorc să-i spun vreo câteva fratelui meu cicălitor, a zis Xenia, apoi a plecat, lăsându-i singuri.

— Te aud, Xenia! i-a zis Clyde pe un ton sever, după care și-a îndreptat atenția asupra Almei.

De când tânăra din fața lui arăta atât de bine cu părul liber și cu ochii aceia mari și frumoși? Și trupul acela feminin, care putea să facă sângele unui bărbat să fiarbă. Nu lui, desigur! În general vorbind.

— Am fost cu Xenia să-și cumpere o rochie. E ceva rău în asta? l-a înfruntat ea sfidătoare, deși nu știa ce i se întâmpla de fiecare dată când îl vedea. Era ca și cum nu se mai putea concentra și nu-și mai găsea cuvintele.

— Nu, dar mi-ar fi plăcut să fiu anunțat. Doar există telefoane!

— Eu nu am telefon și, oricum, nu-i văd rostul momentan.

— Bine, în cazul ăsta, puteați să lăsați un bilet, ceva. Nu mai vorbesc de faptul că Xenia are telefon.

— O, se pare că mi-am auzit numele, a spus Xenia, intrând rapid în sufragerie.

— Xenia, puteai să mă suni să-mi spui ce faceți și că Alma e cu tine.

— Lasă fața asta dură, frățioare, că nu te prinde bine. Doar nu suntem niște puștoaice, ca să-ți dăm raportul.

— Nu e vorba despre asta, dar sigur că m-am gândit la... Nu contează, e bine că sunteți aici acum. Pe viitor, sper totuși să fiu informat în legătură cu astfel de ieșiri. Acum, dacă tot ați venit, vreți să vă aduc ceva?

— Oau! Asta da schimbare! Ce s-a întâmplat cu tine, dragul meu frate? l-a întrebat Xenia, în timp ce l-a îmbrățișat rapid.

— Nimic! i-a răspuns el, îmbrățișând-o, la rândul lui, moment în care a privit-o pe Alma, aproape fără să realizeze.

— Cum nimic? Nu ne mai cerți vreo zece minute minim? Ah, unde sunt teoriile tale de altădată? i-a zis ea ironică, dar zâmbitoare.

— Nu forța nota, surioară! Cred că e timpul să vă acord încrederea de care aveți atâta nevoie și să nu vă mai tratez ca pe niște copile, le-a zis el zâmbind.

— Ești sigur că te simți bine? i-a zis Xenia zâmbind.

Dacă era să fie sinceră, niciodată nu i-a fost teamă de amenințările lui Clyde. În ciuda severității aparente, știa că poate găsi în el sprijinul de care avea nevoie, de fiecare dată.

— Sunt foarte bine, surioară. Nu vreți voi să fiți tratate ca niște femei independente și adulte? Ei bine, asta voi încerca să fac de acum înainte, le-a zis el, după care a mers să le aducă niște sucuri naturale.

— Ei, asta da schimbare! Nu mă așteptam la asta! i-a zis Xenia Almei, în timp ce stăteau pe canapea.

— Cred că e bine, i-a răspuns ea, zâmbind încrezătoare.

Voia să se bucure de viață și să ia lucrurile pas cu pas. Trebuia să fie curajoasă, să spere, să viseze, să se bucure, să fie puternică și, poate, la un moment dat, să iubească. Știa, cu certitudine, că vrea să iubească și să fie iubită.

Clyde s-a întors repede din bucătărie și le-a servit pe cele două tinere. Dar atunci când i-a dat Almei paharul, a simțit o ușoară străfulgerare atingându-i degetele. S-a încruntat ușor, de parcă nu se mai recunoștea pe sine, după care s-a așezat pe un scaun, aproape de ele.

— Și cum a fost ziua ta, frățioare?

— Ca de obicei. Știi cum e, ai de-a face cu tot felul de oameni, fiecare cu personalitatea lui. Dar voi pe unde ați fost? le-a întrebat el, învăluindu-le cu zâmbetul lui blând și dulce.

Alma i-a privit cu drag pe cei doi frați, în timp ce vorbeau. Îi plăcea legătura care exista între ei. Se vedea faptul că era o relație specială și că se iubeau foarte mult. Dacă ar fi avut un frate sau o soră, ar fi vrut ca legătura lor să fie una asemănătoare.

După aproximativ o jumătate de oră, Xenia a plecat, nu înainte de a-i șopti Almei la ureche faptul că se vor vedea mâine.

— Ei bine, se pare că voi două ați avut o zi plină, i-a zis Clyde zâmbind, după ce au revenit în sufragerie.

— Da, așa e, dar a fost frumos să mă plimb cu Xenia. Ai o soră grozavă, să știi.

— Știu! Vreau doar să fie fericită, indiferent de alegerile pe care le face.

— Mi-a spus că îi este teamă să le spună părinților voștri despre relația ei cu Chris. Chiar atât de severi sunt? Adică, știu că nu e treaba mea, dar...

— Nu spune asta, e-n regulă. E normal să fii curioasă. În privința răspunsului, îți voi spune doar atât: nu ai idee!

Alma l-a privit cu atenție. Seriozitatea era din nou întipărită pe trăsăturile lui frumoase. Se părea că subiectul era unul neplăcut pentru Clyde. A privit fugitiv pe fereastră și a văzut că s-a înserat.

— Știu că e cam târziu, dar ai vrea să ieșim la o plimbare? a întrebat-o el pe un ton rugător.

Fata l-a privit ușor surprinsă, înainte de a-i răspunde. În plus, a spus-o pe tonul acela... Simțea că nu poate să-i refuze nimic când o privea și îi vorbea așa. Era o prostie să gândească asta, însă nu se putea abține.

— Bine, să mergem! Dar nu ar trebui să mă schimb?

Privirea pe care i-a aruncat-o Clyde nu mai lăsa loc de cuvinte.

— E foarte bine așa cum ești. Eventual să îți iei o jachetă, în caz că îți va fi răcoare, i-a zis el zâmbind.

Alma i-a zâmbit, la rândul ei, după care și-a luat o jachetă. Au plecat apoi la plimbare, pe jos, de-a lungul străduțelor viu colorate și luminate ale cartierului.

— Orașul arată atât de frumos și seara! Nu m-aș sătura să mă plimb neîncetat prin el. Am impresia că la orice colț de stradă stă ascuns un mister, a spus Clyde fascinat.

— Ai crescut aici? l-a întrebat ea curioasă.

— Da! Nu aș pleca de aici niciodată. Ador peisajul și frumusețea orașului, i-a zis el, așezându-se pe o bancă. Știi, îmi place să vin aici, în port. Mă ajută să mă relaxez și să-mi pun gândurile în ordine.

— Și mie îmi place locul ăsta. Are ceva magic, nu crezi? l-a întrebat ea, privind apa liniștită, uitându-se apoi în ochii lui.

Și Clyde a privit-o în ochi, înainte de a-i răspunde. Avea impresia că luminițele orașului erau adunate în privirea ei. De fapt, putea să jure că avea ceva magic. Când era mic a auzit, desigur, povești despre capacitatea acestor oameni de a-i hipnotiza pe ceilalți sau, oricum, de a-i determina să facă ceea ce ei doreau. Era sceptic cu privire la astfel de povești, însă convingerile unei persoane puteau să fie atât de schimbătoare.

— Da, așa e! Începând de la istorie și terminând cu oamenii care locuiesc aici, dar și cu turiștii dornici să viziteze aceste locuri.

— Ai dreptate! i-a zis ea, inspirând adânc, încercând să-și liniștească bătăile inimii.

L-a privit pe furiș pe Clyde, care era răpitor de frumos chiar și în acel moment al serii, admirând concentrat peisajul natural.

Deodată, s-a întors spre ea și a privit-o cu atenție.

— Alma, sunt prea indiscret dacă te întreb care e povestea ta?

— Oh, asta era! Dar nu am nimic special de spus. Și nu îți spun nimic, dacă nu vei face și tu același lucru, i-a zis ea, privindu-l cu drag.

— Asta e cam..., a ezitat el, încurcat fiind.

— Vezi ce greu e? Cât de dificil este să vorbim despre noi? De parcă ar fi cel mai riscant lucru din lume. Fiecare dintre noi are o poveste, Clyde. Însă nu toată lumea e dispusă să o împărtășească celorlalți. De fapt, lumea e plină de povești, unele mai frumoase, altele mai triste. Ceea ce contează însă, e modul în care reușim să depășim obstacolele din viața noastră. Cu siguranță, și eu am avut parte de ele, la fel și tu, dar iată-ne aici, gata să ne continuăm viețile și să încercăm să ne bucurăm de tot ceea ce este frumos în jurul nostru. Oricum, tu știi o parte din povestea vieții mele. Deocamdată nu sunt pregătită să îți dezvălui mai multe amănunte, așa cum nici tu nu ești. Cu timpul, însă, cine știe? Poate vom ajunge și acolo. În orice caz, vreau să știi că îți doresc să fii fericit și să îți găsești împlinirea, lucruri pe care le vreau și pentru mine.

Clyde a privit-o, surprins plăcut de ceea ce auzea. Îl uimea maturitatea de care dădea dovadă la o vârstă atât de tânără.

— Ai dreptate, Alma! Ești atât de profundă! Mă bucur că am vorbit. Sper că o vom putea face ori de câte ori vom simți nevoia.

— Sigur, de ce nu? Cu drag! Oricând sunt dispusă să te ascult. E atât de important să știm că cineva ne ascultă și ne vrea binele, i-a zis ea, luându-l de mână pentru câteva secunde.

Era uimită de propria reacție, însă voia să facă ceea ce simțea.

— Așa e! Și în ceea ce mă privește e la fel, să știi. Ești o fată specială și meriți să ai parte numai de lucruri frumoase, i-a spus el, mângâindu-i ușor mâna, înainte de a-i da drumul.

— Mulțumesc, Clyde! La fel!

— Bine! Acum că am stabilit asta, putem să mergem acasă? Mă simt cam obosit și simt nevoia să mă odihnesc.

— Sigur! Să mergem! i-a zis ea, ridicându-se de pe bancă în grabă, moment în care a simțit brațele lui Clyde în jurul ei.

— Ai grijă! Biciclistul ăla era să te dărâme, i-a zis el cu o voce ușor răgușită, ținând-o în continuare în brațe.

Corpul ei reprezenta o atracție față de care simțea că nu are scăpare. Alma avea brațele sprijinite pe pieptul lui. L-a privit surprinsă și încântată, în același timp. Preț de câteva secunde, cei doi au încremenit astfel, mai presus de reguli, de rațiune, de timp.

— Ar trebui să mergem, i-a zis el, eliberând-o din brațele lui, simțind un fior neplăcut, de parcă ceva din interiorul lui ar fi regretat asta.

— Da, bună idee! Și, mulțumesc! i-a spus ea, încercând să-și recupereze echilibrul corporal, dar mai ales pe cel mental.

Senzația de bine și de plăcere pe care a simțit-o în brațele lui o urmărea și acum.

Cei doi tineri s-au îndreptat apoi spre casă, în liniște, resimțind o oarecare tensiune interioară, pe care nu și-o puteau explica.

După ce au ajuns acasă, au luat cina, iar apoi și-au așteptat rândul la baie. Mai târziu, fiecare s-a dus în camera lui.

— Noapte bună, Alma! i-a spus Clyde.

— Noapte bună, Clyde! i-a răspuns ea, având un sentiment de confuzie.

Ajunsă în camera ei, s-a întins pe pat și s-a gândit la modul în care i-a decurs ziua. De ce se simțea astfel în preajma lui Clyde? Cum putea evita să conștientizeze propriile bătăi ale inimii? Un bărbat ca el nu s-ar uita niciodată la o fată ca ea, iar dacă ar face-o ar fi doar pentru o distracție trecătoare.

Cum deveneau oamenii atât de sensibili la prezența altor oameni? Ce se întâmpla cu inimile lor? Ce îi atrăgea unii spre alții? De ce viața nu putea să fie simplă? Ce avea să i se întâmple în continuare? De ce mirosul lui masculin persista încă pe pielea ei? Cum era posibil ca brațele unui bărbat să ofere atât de multă alinare, iar comportamentul lui blând să determine o femeie să... să-l admire. Iubirea... Un mister atât de perfect și de ascuns. Un amestec de gusturi și culori, întocmai ca gastronomia, domeniul ei favorit.

Oare era menit să-l cunoască și să-l iubească pe Clyde? Era ea femeia potrivită pentru el sau imaginația ei romantică o acapara cu totul în mrejele ei ademenitoare și amăgitoare? Dar el? Era Clyde cavalerul ei în armură strălucitoare, la care a visat dintotdeauna? Ce voia să-i transmită inima? Era momentul pentru dragoste în viața ei sau trebuia să-și concentreze energia pentru a atinge obiectivele pe care și le-a propus? În orice caz, avea o viață de trăit și voia să o trăiască frumos, demn; voia să fie mândră de ea.

Cu aceste gânduri în minte, Alma a adormit, în așteptarea unei noi zile.

Capitolul 6

În ziua următoare, după ce a venit acasă de la serviciu, Clyde s-a așezat pe canapea și, timp de câteva clipe, a închis ochii. A meditat la viața lui, la ceea ce a pierdut, dar și la ceea ce a câștigat, precum și la... destin? Cum se juca destinul cu viețile oamenilor! Cum le oferea uneori iluzia unei stabilități, după care tot el era cel care răsturna ceea ce părea a fi, odinioară, mersul firesc al lucrurilor.

Azi, în ziua în care împlinea vârsta de douăzeci și doi de ani, Clyde își dorea să fie sănătos și înțelept, astfel încât să facă cele mai bune alegeri pentru el. Și își mai dorea să fie iubit. Cu adevărat iubit. Nu era perfect, însă voia să fie iubit cu tot cu imperfecțiunile sale. Cu totul. Total. În întregime... Simțea acest lucru într-un mod atât de arzător și de profund încât era el însuși uimit de intensitatea acestei trăiri.

De când ceea ce gândea el se potrivea cu ceea ce i-a spus Alma atunci când i-a ghicit în palmă? Chiar voia o iubire care să-l consume în totalitate? Analizând cu atenție ceea ce simțea, recunoștea faptul că trebuia să-i dea dreptate Almei, micii vrăjitoare.

— La mulți ani, Clyde!

Acesta a deschis ochii, fiind întrerupt din visare. S-a ridicat de pe canapea, surprins fiind de Xenia și de Alma, care au apărut de nicăieri. Era și Chris acolo, alături de sora lui.

— Mulțumesc, Xenia, Chris! le-a zis el, lăsându-se felicitat și îmbrățișat de aceștia.

— La mulți ani, Clyde! Să fii sănătos, fericit și iubit! i-a urat Alma, roșie în obraji, punându-și palmele pe brațele lui, oferindu-i un sărut amical pe obraz.

— Mulțumesc, Alma! i-a spus el, îmbrățișând-o și privind-o adânc în ochi.

Timp de câteva secunde, niciunul nu a mai realizat că nu sunt singuri și s-au privit cu drag, spre deliciul Xeniei, care îi analiza atentă. Preț de câteva clipe, Clyde și Alma au fost bărbat și femeie, masculin și feminin, cuprinși de admirație reciprocă. S-au separat apoi, conștientizând faptul că nu erau singuri și că era rațional să se distanțeze.

Cu toții s-au dus apoi în bucătărie, acolo unde i-au dat lui Clyde cadourile.

— Voi vă țineți de surprize azi, nu-i așa? i-a întrebat Clyde zâmbind.

— Măcar azi să te surprindem. Doar un frate am! Asta e din partea noastră, i-a zis Xenia, zâmbindu-i la rândul ei.

I-a dat apoi cadoul frumos împachetat, făcându-i cu ochiul.

— Mulțumesc frumos, dar știți că nu trebuie să vă deranjați pentru mine, i-a spus el cu modestie.

— Nu e niciun deranj, stai liniștit! l-a asigurat Chris, zâmbind, ținând-o pe Xenia de mână.

Acesta nu se putea abține, iubita lui îl fermeca tot mai mult, cu fiecare zi care trecea. Și știa sigur că și ea simte același lucru pentru el.

— Și ăsta e cadoul meu pentru tine! i-a zis Alma, dându-i să țină tortul decorat cu bărcuțe *luzzu* și cu două lumânări care reprezentau vârsta lui, puse în centru.

Tortul era cu fructe și frișcă. Nu avea bani să-i cumpere ceva scump, nici nu știa ce anume și-ar fi dorit, însă a îmbinat pasiunea ei pentru gătit cu dorința de a-i face acestuia un cadou. Voia să fie un gest de mulțumire pentru tot ceea ce a făcut el pentru ea.

Plăcut surprins, Clyde a luat tortul în mână și a privit-o într-un mod straniu.

— Mulțumesc frumos! De unde ai știut să-l decorezi cu *luzzu*?

— Am avut o sfătuitoare bună! i-a răspuns ea zâmbind, făcându-i cu ochiul.

— Gata cu poveștile! Clyde, suflă odată în lumânările alea, abia aștept să mănânc din tortul ăla. Arată atât de apetisant încât mă mir că am rezistat până acum tentației de a gusta din el, i-a zis Xenia râzând.

Clyde a râs, după care a făcut întocmai cum i-a spus sora lui. Știa cât putea să fie de convingătoare. A suflat în lumânări, apoi, în aplauzele celor prezenți, și-a pus o dorință. Voia să fie fericit. Asta era cel mai important pentru el. A rugat-o apoi pe Alma să taie tortul, în timp ce el a privit-o cu atenție. Se simțea, în mare măsură, împlinit și norocos să fie înconjurat de astfel de persoane.

Cu toții au mâncat tort, râzând și povestind.

— Ce spui, dragul meu frate, cum e tortul? l-a întrebat Xenia, având o privire jucăușă.

În acel moment, Alma a tresărit. Spera din toată inima ca lui să-i placă.

— Sigur că e bun, nu am curaj să spun altceva, a zis Clyde serios, privind-o pe Alma.

Făcea aluzie la momentul în care ea a plecat din apartament timp de câteva zile, fiindcă el nu a avut tăria să recunoască faptul că l-a impresionat prin modul în care a gătit. Câteva secunde mai târziu, acesta a izbucnit în râs, făcându-i pe ceilalți să reacționeze la fel.

— Mă bucur că îți place, Clyde! i-a spus ea zâmbind, simțindu-se ușurată. Sper că și vouă, le-a zis ea apoi, îndreptându-și atenția spre musafiri, în mod voit.

Privirea lui Clyde o urmărea peste tot, în fiecare moment. Nu voia să-și imagineze lucruri care nu erau menite pentru ea, momente pe care nu le va trăi niciodată alături de el. Trebuia să-și revină și să se limiteze la ceea ce i s-a cerut încă de când l-a cunoscut: să gătească pentru el. Atât.

Câteva ore mai târziu, Xenia și Chris și-au luat rămas-bun de la Clyde și de la Alma și au plecat.

Alma a început să strângă de pe masă, iar Clyde, din întâmplare, și-a pus mâna pe mâna ei, voind să ia aceeași farfurie.

— Nu..., i-a zis ea, tresărind ușor, retrăgându-și mâna. Nu e nevoie să mă ajuți, doar e ziua ta, a adăugat ea, mărind distanța dintre ei.

Era mai sigur așa, s-a gândit ea, în timp ce-și asculta inima bătând.

— Doar nu crezi că te voi lăsa să aduni toate astea singură, nu? i-a spus el privind-o, ușor surprins de reacția ei temătoare.

— Bine, dacă tu vrei așa. Nu pot decât să mă bucur că mă ajuți, i-a zis ea reținându-și un surâs, după care a continuat să strângă.

Alma a spălat apoi vasele, după care, nefiind sigură ce să facă, s-a așezat pe canapea și a pornit televizorul. Nu mică i-a fost mirarea când l-a văzut pe Clyde că vine lângă ea, îi ia telecomanda din mână și închide televizorul. L-a privit surprinsă.

— Ce faci? Voiam să mă uit la ceva, i-a spus ea.

Fără să spună ceva, acesta a pornit combina muzicală, după care a revenit din nou lângă ea, relaxat, ca și cum nimic nu s-ar fi întâmplat.

— S-a întâmplat ceva? l-a întrebat ea, privindu-l surprinsă.

Până în seara aceea, Clyde nu a mai reacționat astfel, așa că nu știa cum să interpreteze comportamentul lui.

— Dacă s-a întâmplat ceva? Nu, sigur că nu! Vreau doar... Ce ai spune dacă ai dansa cu mine în seara asta?

Alma nu putea fi mai uimită de atât. L-a privit și a știut – mai mult ca sigur – că se întâmpla ceva în acele momente, dar în privința amândurora. Aproape se putea pierde în privirea lui dulce ca mierea.

— Vrei să... dansăm? Noi?

— Da, noi! Mai vezi pe cineva aici?

— Nu, dar... sunt doar surprinsă, atâta tot.

— Bine, înțeleg! Nu vrei să alini singurătatea unui biet tânăr sărbătorit.

— Nu e asta, dar... Ia stai puțin, apelezi cumva la sensibilitatea mea?

— Cu siguranță da! Dar dacă deranjez, pot să plec în camera mea, să te las liniștită, i-a zis el, zâmbind misterios.

— Stai! Nu e nevoie să pleci. Voi dansa cu tine, dar atât, bine? Nu vreau să îți faci vreo impresie greșită.

— Asta ar fi imposibil. Vino aici! a invitat-o el, întinzându-i mâna și ajutând-o să se ridice de pe canapea.

Alma s-a ridicat și l-a urmat până în mijlocul sufrageriei, convinsă fiind că vor urma unele dintre cele mai frumoase momente din viața ei. Inima ei visătoare nu putea rezista la ceea ce i se întâmpla, la felul în care se simțea în brațele lui Clyde. Oricât încerca să lupte cu ea însăși, nu putea să rămână insensibilă la el. I-a simțit brațele în jurul taliei, după care au dansat împreună pe o melodie lentă, romantică. Poate că de-a lungul vieții ei, Alma nu a avut multe momente speciale și frumoase, însă, cu siguranță, acesta era unul dintre ele. Brațele lui îi ofereau atâta siguranță și liniște, dar și tulburare, în același timp. Iar privirea lui... Ei bine, era un festin de care nu s-ar fi săturat vreodată. Era mai dulce decât orice prăjitură pe care a gustat-o vreodată. A zâmbit în sinea ei, deoarece compara un bărbat cu o prăjitură, însă era inevitabil. Nu avea alt termen mai bun de comparație. Iar modul în care mâinile lui îi atingeau ușor spatele... Cum să reziste la așa ceva fără să fie impresionată?

La un moment dat, Clyde a lipit-o ușor cu capul de pieptul lui, iar acest gest a făcut-o să se simtă fericită. Era atât de bine să se lase în voia lui, să îl știe acolo, lângă ea.

Câteva minute bune, cât timp a durat melodia, Alma s-a simțit – fără exagerare – în al nouălea cer. La finalul melodiei, au rămas încă îmbrățișați și au realizat asta câteva clipe mai târziu. Alma s-a dezlipit încet de el, ca și cum ar fi făcut cel mai greu lucru din lume, rămânând totuși cu brațele în jurul taliei lui, iar el cu brațele în jurul taliei ei.

A simțit apoi mâinile lui Clyde pe obrajii ei.

— Ești atât de frumoasă! Mulțumesc pentru tot, Alma! Noapte bună! i-a zis el, privind-o cu drag, după care a sărutat-o pe obraz și a plecat în camera lui.

Fata a rămas în mijlocul camerei, fericită, confuză și tristă, în același timp. Nu putea să-și explice reacțiile lui. De fapt, nu putea să-l citească. Clyde era un mister în sine. Însă un mister atât de frumos și de complex. Poate că tocmai în asta consta frumusețea unui mister: chiar în existența lui.

S-a dus, într-un final, în camera ei, visând și rememorând momentele frumoase de mai devreme. Clyde era frumos. Și bun. Un om cu adevărat bun și frumos, atât la exterior, cât și la interior. Era frumosul de care avea nevoie cu atâta ardoare în viața ei. Era convinsă că fiecare clipă alături de Clyde era unică, așa cum, de altfel, era și el. Erau momente în viață când nu mai voia să-și pună întrebări sau să caute explicații. Acela era un astfel de moment. Voia doar să trăiască, să se bucure și să savureze, pentru că nu știa ce o așteaptă mai departe, în zilele următoare.

Clyde, în schimb, s-a plimbat minute în șir în camera lui. Încerca să-și analizeze impulsul de mai devreme. Cu siguranță, a surprins-o pe Alma și s-a surprins și pe el. Adevărul era că nu mai știa cine era cu adevărat atunci când era în preajma ei. Tot ce știa era că ea reușea să-i facă ceva inexplicabil. Reușea să ajungă la inima lui, dincolo de orice limită a rațiunii.

Ce i se întâmpla când era cu ea? Își simțea trupul încălzindu-se numai gândindu-se la ea. Era de acord că, poate, o dorea, însă nu era în regulă să simtă așa ceva pentru ea. Fir-ar să fie...

Ea era doar o copilă de optsprezece ani. Cu iluzii, speranțe, visuri... Iar el nu avea voie să se gândească la ea în modul acela. Nu avea dreptul să fie atras de ea și nici să o lase să-și facă speranțe în privința lui. Sufletul lui... era condamnat. Nu îi era permis să o vrea numai pentru el. Dacă ea ar ști ce secrete ascunde, nu ar mai rămâne lângă el, în casa lui, nici măcar o secundă. Secretele acelea îi torturau sufletul de ani întregi. Alma merita pe cineva curat lângă ea. Pe cineva fără secrete, fără minciuni. Ea merita cele mai bune ingrediente, asezonate cu inima ei, nu cicatricile lui...

Nu știa ce se întâmplă, de ce nu se putea abține în privința ei, iar asta se întâmpla tot mai des în ultima vreme. Știa însă că ea reprezenta sarea și piperul din viața lui și nu avea cum să bănuiască ce urma să se întâmple cu ei. Dacă era să fie sincer cu el însuși... Oare i-a plăcut de ea încă din momentul în care aceasta a urcat grăbită în taxiul lui, într-o zi ploioasă de vară? Să fie oare destinul de vină pentru întâlnirea lor? Două suflete chinuite... Aveau vreo șansă să găsească liniștea mult dorită? Puteau să spere la frumos, într-o lume tulburată, bântuită de regrete, de rău și de superficial?

Clyde a închis ochii, încercând să-și alunge gândurile din minte. Avea nevoie de odihnă. Ignora vocea din interiorul lui, care îi șoptea de cine anume avea cu adevărat nevoie.

Capitolul 7

În ziua următoare, Alma era singură în florărie și uda niște trandafiri când a auzit ușa deschizându-se. Când s-a întors, a văzut o fetiță intrând și venind spre ea.

— Bună ziua, doamnă! i-a zis fetița cu un glas dulce și cuminte.

— Bună ziua și ție! Cu ce pot să te ajut? a întrebat-o Alma zâmbind.

A observat însă că, deși fetița era foarte drăgălașă, avea un aer trist.

— Oh, nu se poate! a exclamat fetița, căutându-se prin buzunare.

— Ce s-a întâmplat?

— Cred că am pierdut banii! Am vrut să-i cumpăr mamei o floare, iar acum nu mai am bani. Știți, mama e bolnavă și am vrut să-i fac o bucurie. Am strâns banii aceștia din dorința de a avea destui pentru a-i lua un trandafir roșu. Ce mă fac acum?

Alma a privit-o cu tristețe pe fetița care avea ochii în lacrimi și nu s-a putut gândi decât la un singur lucru. S-a apropiat de ea și i-a oferit un șervețel, ca să-și șteargă lacrimile, după care a luat-o de mână.

— Cum te numești?

— Mă cheamă Hanna! i-a zis fetița, ștergându-se la ochi.

— Eu sunt Alma! i-a răspuns ea, întinzându-i mâna. Nu mai fi tristă! Se mai întâmplă să pierdem bani sau alte obiecte, doar suntem oameni. Acum, vreau să te uiți cu atenție la trandafirii pe care îi am aici în florărie și să alegi unul pentru mama ta. Să fie cel mai frumos, bine?

— Sunteți sigură că pot să fac asta? a întrebat Hanna, dând mâna cu ea.

— Da! a asigurat-o Alma și a zâmbit când a văzut raza de speranță de pe chipul fetiței.

— Mulțumesc, doamnă! Sunteți cea mai bună persoană pe care am întâlnit-o vreodată, după mama, desigur.

— Cu plăcere, draga mea! i-a zis Alma zâmbind.

A privit-o apoi pe fetiță cum își alege trandafirul preferat.

— Îl vreau pe acesta, e foarte frumos și mamei îi va plăcea foarte mult. Mulțumesc din suflet! i-a zis fetița, arătându-i trandafirul favorit.

— Cu mare drag! Cu siguranță, îi vei face o mare bucurie.

— Asta îmi doresc! Plec acum! Mulțumesc frumos încă o dată! O zi bună! i-a zis fetița, privind-o cu recunoștință.

— O zi frumoasă și ție și mamei tale! i-a spus Alma, privind cu nostalgie în urma fetiței.

Își amintea și ea de mama ei. Avea și amintiri plăcute cu ea, însă felul în care părinții ei au ales să o dea unui bărbat oarecare, fără să țină cont de dorințele ei, o făcea să nu regrete decizia luată. Nu putea să treacă peste acest lucru. Voia să fie independentă și să-și trăiască viața așa cum își dorea.

A fost întreruptă din visare de ușa care s-a deschis din nou. Când s-a uitat să vadă cine a intrat, aproape i-a stat inima în loc. Numai așa putea să descrie sentimentul care a cuprins-o când l-a văzut pe Clyde în florărie.

— Bună, Alma!

— Bună, Clyde!

Acesta a înaintat spre ea.

— Sper că nu deranjez! Eram prin zonă și m-am gândit să văd ce faci, i-a zis el, părând ușor încurcat, spre deliciul ei.

— Nu deranjezi! Mă bucur că ai venit! Eram... pe aici, cu florile. Tu?

— Am terminat programul pe ziua de azi, iar restul îl știi deja, i-a zis el concis, privind-o cu atenție.

I se părea ei sau Clyde o privea în alt mod decât o făcuse până acum? Încă de aseară, când au dansat împreună, i s-a părut că ceva s-a schimbat între ei. Dar ce? L-a urmărit cu privirea, în timp ce el s-a uitat la flori. Mirarea i-a crescut atunci când l-a văzut venind spre ea cu un trandafir roșu în mână.

— Vreau să-l cumpăr! Cât costă? a întrebat-o el serios.

Alma i-a spus prețul, a luat banii și i-a dat restul.

— Sper să fie destul de frumos și să-ți placă. E al tău... E pentru tine!

Aceasta l-a privit, plăcut surprinsă. Clyde o privea cu atâta seriozitate și atât de frumos, încât îi făcea inima să se topească. Ar fi vrut să oprească timpul în loc, pentru ca acel moment să nu se mai termine.

— Pentru mine? Ești sigur? l-a întrebat ea zâmbind.

— Da, sunt sigur! Ia-l, Alma! a îndemnat-o el, zâmbind, la rândul lui.

— Mulțumesc mult, e foarte frumos, dar... De ce? Nu pot să nu întreb, i-a zis ea, luând trandafirul delicat din mâna lui, moment în care degetele lor s-au atins.

— E doar un gest de încurajare și e modul meu de a-ți ura succes în tot ceea ce faci. Sper că nu te-ai supărat!

— Nu, sigur că nu! Eu doar... Eram curioasă, atâta tot. Mulțumesc încă o dată pentru trandafir! E superb! E floarea mea preferată!

— Mă bucur că îți place. Îl meriți. Adică, meriți să ai parte de lucruri frumoase în viață. Ești o luptătoare și admir foarte mult acest lucru.

— Mulțumesc, dar... ce e cu atâtea laude? E puțin ciudat, având în vedere felul tău de a fi, i-a zis ea zâmbind, tachinându-l.

— Cum adică, ce vrei să spui? a întrebat-o el, prefăcându-se serios, încercând să-și ascundă zâmbetul.

— Adică... ești atât de serios, de obicei, și nu lași să se vadă prea mult din ceea ce simți. Asta cred eu!

— Știi ceva? Sunt de acord cu tine! Iar tu ești o femeie care vrea să mă ghicească și să mă interpreteze.

— Ei bine, tu ai întrebat! Eu doar ți-am răspuns! i-a zis ea, zâmbind.

— Da, așa e. Trecând la alt subiect, mai ai până termini programul?

— Nu, am terminat. De ce?

— Dacă vrei, pot să te duc acasă. Am și un scop...

— Serios? Care e acela, dacă se poate ști?

— Unul foarte... pofticios! Liniștește-te, nu e ceea ce pare, i-a spus el râzând, văzând expresia uimită a tinerei.

— Ce? Dar nu am zis nimic.

— Nici nu e nevoie! Ești atât de ușor de citit, Alma! i-a răspuns el, năucind-o cu zâmbetul lui.

— Nu cred! În fine, spune-mi, de ce ți-e poftă? l-a întrebat ea, închizând florăria.

— De o prăjitură... *mqaret*. Știi tu, pachețelele acelea din aluat, umplute cu dulceață de curmale.

— Da, știu! Nu am mai mâncat de mult prăjiturele din acelea. Îmi plăceau foarte mult, i-a zis ea, intrând în mașină și punându-și centura.

— Mă bucur! Deodată mi s-a făcut poftă de ceva dulce, i-a spus el zâmbind, privind-o câteva secunde, înainte de a porni motorul maşinii, iar asta a făcut-o pe Alma să se înroşească.

Fiindcă apartamentul lui Clyde era aproape, au ajuns repede acasă. După ce au mâncat, Alma a rămas în bucătărie, pentru a pregăti toate cele necesare pentru prăjitură.

La scurt timp după aceea, a intrat şi Clyde în bucătărie.

— Hei, bine că ai venit! Ai vrea să mă ajuţi la prepararea prăjiturii?

— Ei bine, dacă insişti! Dar să nu ai aşteptări prea mari de la mine, i-a răspuns el, frământându-şi mâinile.

Şi-a suflecat apoi mânecile, însă a privit surprins cum Alma şi-a pus palmele pe braţele lui.

— Ce faci? Vrei să-ţi pătezi bluza? Ai nevoie de şorţul ăsta, să ştii, i-a zis ea, luându-şi mâinile de pe el.

I-a întins apoi şorţul, având un zâmbet larg pe chip.

— Bine, patiser-şef. Mă supun! i-a spus el râzând.

Şi-a pus apoi şorţul, după care a ajutat-o, urmându-i instrucţiunile. El i-a dat ingredientele, în timp ce ea frământa aluatul şi presăra făină peste acesta. La un moment dat, Alma s-a oprit.

— Haide, fă şi tu asta! Trebuie să te implici mai mult, i-a zis ea, luându-i mâinile şi punându-i-le peste aluat. Sau ce, ţi-e teamă de puţină făină?

— Așadar, vrei să mă provoci. Bine! i-a spus el, prefăcându-se că acordă atenție aluatului, deși atenția îi era, mai degrabă, îndreptată spre femeia de lângă el.

Șuvițele desprinse din coc îi dădeau un aer atât de sexi, iar șorțul i se mula pe formele feminine într-un fel atât de atractiv, încât s-a pomenit înghițind în sec. Ce i se întâmpla? Era posibil să fie atras de o fată atât de tânără? Unde îi era conștiința, atunci când avea nevoie de ea?

— Clyde! Clyde!

— Ce e?

Vocea Almei l-a trezit din visare.

— Te-ai oprit din frământat și te uiți fix la mine de vreo două minute. S-a întâmplat ceva?

— Nu! E doar asta..., i-a zis el, aruncându-i cu făină pe șorț, amuzându-se de reacția ei.

— Așa deci? Vrei să joci dur? Bine! i-a spus ea, luând făină și făcându-i același lucru.

Joaca lor a durat câteva minute bune, timp în care au umplut toată bucătăria de făină, dar și pe ei înșiși.

— Uite ce ai făcut, Clyde! E făină peste tot! i-a zis Alma încruntată, amenințându-l cu degetul arătător.

Avea impresia că era acoperită cu totul de făină, iar el părea mai vesel ca oricând.

— Ce? Nu numai eu am făcut asta, i-a spus el râzând, neimpresionat de amenințarea ei.

— Nu, dar tu ai început! Mă vei ajuta la curățenie chiar acum! i-a replicat ea, făcând încă un pas spre el.

Câteva secunde mai târziu însă, Clyde a văzut-o izbucnind în râs.

— Ce e? De ce râzi așa?

— O, nu e nimic! i-a răspuns ea, însă nu se putea abține să nu râdă.

— O, nu, domnișorico! Îmi vei spune chiar acum ce te distrează atât de mult, i-a zis el, îndreptând, la rândul său, arătătorul spre ea.

— Bine, bine! Of, nu mai pot de râs. Ești tot alb, arăți ca un om de zăpadă. Sau ca o fantomă. Scuze, dar nu mă pot abține.

Clyde a privit-o cum râde și a știut, în acel moment, că ceva important se întâmplă între ei.

— Spune-mi ceva: oare fantomele pot să facă asta? a întrebat-o Clyde pe un ton răgușit, după care a tras-o spre el și a sărutat-o.

Pur și simplu nu se mai putea abține. Ea era moale, dulce și irezistibilă, exact așa cum și-a imaginat. În acele clipe nu mai putea să gândească rațional, ci doar să se lase purtat de dorință. Nimic nu mai conta, în afară de felul în care se simțea când o avea în brațe.

Alma și-a pus palmele pe pieptul lui, pentru a-l da la o parte din calea ei, însă, surpriză; surprinderea și plăcerea se amestecau în interiorul ei, ca două forțe care se luptau una împotriva celeilalte. Nu-și putea explica de ce și cum anume, însă simțea că se topește în brațele lui, în intensitatea acelui sărut atât de senzual. Nimic din ceea ce trăise până atunci nu se putea compara cu ceea ce simțea în acele clipe. Nimeni nu o mai sărutase așa. De fapt, nimeni nu o mai sărutase vreodată. Și era bine. Atât de bine! Era posibil să simți că te naști din nou, doar iubind?

Câteva clipe mai târziu, Clyde s-a oprit, depărtându-se ușor de ea, deși i se părea atât de greu să o facă. O privea și o ținea încă în brațe. Părea că nu se putea decide ce avea de făcut în continuare.

Amândoi au continuat să se privească, timp de câteva secunde bune.

— Clyde...

— Da?

— Ce facem? l-a întrebat ea, privindu-l de parcă ar fi fost în transă.

Era atât de ușor să se lase în voia lui, să cadă pradă farmecului său masculin.

— Ne sărutăm! E în ordine? a întrebat el, mângâindu-i chipul.

— Nu chiar. Nu cred că ar trebui să facem asta.

— Cine ne poate opri?

— Nimeni, dar...

— Am înțeles, te gândești la ceva. Ce s-a întâmplat?

— Nimic, doar că... Abia te-ai despărțit de Tiffany și mi-e teamă să nu fiu doar un premiu de consolare pentru tine, i-a spus ea, sesizând faptul că el o ținea încă în brațe.

Fir-ar să fie! Se concentra atât de greu la ceea ce trebuia să facă, în acele condiții.

— Uite, Alma, îți spun doar atât: nu ești un premiu de consolare. Bine?

— Dacă tu zici! Nu vreau ca niciunul dintre noi să-l interpreteze greșit pe celălalt.

— Nici eu.

— Și? Ce urmează? Și de ce ai făcut asta? Sunt doar curioasă... cred că e logic să îmi pun întrebări.

— Da, așa e! Și știi ceva? Nici eu nu-mi pot explica foarte bine ce mi se întâmplă. E ca și cum ceva mă atrage spre tine.

— Da, sigur! Poate fiindcă te-ai obișnuit să mă vezi pe aici, prin casa ta.

— Poate! i-a zis el serios, râzând numai atunci când ea s-a desprins din brațele lui.

— Ești atât de rău! Uită-te cum râzi de mine! i-a spus ea, privindu-l cu seriozitate.

— Îmi pare rău, nu mă pot abține să nu râd, dar nu râd de tine, i-a explicat el, încrucișându-și brațele.

— Bine, să zicem că te cred. Răspunde-mi la ceea ce te-am întrebat.

— Ce urmează? Nu știu, nu am puterea să prevăd viitorul, așa cum o faci tu. Dar poate că nici nu trebuie. Și, de ce am făcut asta? Fiindcă mi-am dorit și fiindcă eram curios de felul în care mă voi simți făcând asta.

Alma l-a privit cu atenție. Părea atât de serios în acele momente, de parcă ar fi fost un cavaler care depunea jurământul. Cavalerul ei. Acesta era un gând prea frumos pentru a deveni realitate, însă nu se putea abține să nu simtă asta. Învăța treptat faptul că misterele inimii erau greu de descifrat.

— Nu pot să cred! Tu să săruți pe cineva ca mine.

Auzind cuvintele ei, Clyde a făcut câțiva pași spre ea și a luat-o de mână. Deși erau amândoi plini de făină, ceea ce li se întâmpla în acele clipe era la fel de pur ca albul acesteia.

— Ce vrei să spui cu asta? Nu e ca și cum aș fi vreun prinț, i-a zis el, încruntându-se.

— Clyde, haide, știi tu! Eu sunt cine sunt, o fată de etnie, iar tu ești un bărbat superb care, cu siguranță, are alte standarde în privința femeilor.

— Bine, se pare că am de dus ceva muncă de lămurire. În primul rând, mulțumesc pentru compliment, chiar îmi place și mă simt flatat fiindcă mă vezi astfel. Ceea ce nu mi-a plăcut din discursul tău e partea cu standardele. De unde știi tu, *micuță vrăjitoare*, care sunt standardele mele?

— Mda, să știi că mie nu-mi prea place complimentul pe care mi l-ai făcut, i-a zis Alma, după care a zâmbit, nemaiputându-se abține.

— Văd asta din zâmbetul tău! Dar nu-i nimic, te vei obișnui și vei ajunge să-ți placă tot mai mult.

— La ce te referi?

— La faptul că, dacă vrei, ceea ce se întâmplă între noi poate să continue, dacă îți dorești și tu, desigur. Amândoi suntem singuri și, dacă ne plăcem unul pe altul, de ce să nu ne dăm o șansă? a întrebat-o el, sărutându-i ușor mâna.

— Tu chiar vorbești serios? l-a întrebat ea surprinsă.

— Acum mă faci și neserios. Superb și neserios. Nu știu ce să aleg din variantele astea două.

— Pe care o vrei! i-a zis ea zâmbind.

— Bine! Da, vorbesc serios, Alma! Vreau să vedem unde ne vor duce toate astea.

— Ca și cum ne-am arunca într-un ocean?

— Nu! Ca și cum am face o rețetă proprie a unui produs, i-a răspuns Clyde cu o pasiune care a lăsat-o mută de uimire pe Alma, timp de câteva secunde.

— Câtă înflăcărare! Dacă nu aș ști adevărul, aș spune că ai gândit ca un bucătar. Înțeleg punctul tău de vedere, dar nu ar trebui să analizăm puțin situația?

— Nu! Analiza nu ajută la nimic. Doar ne-ar face să pierdem esențialul, i-a zis el, încruntându-se.

Mica vrăjitoare putea să-i facă inima să-i bată mai tare numai privindu-l.

— Și care e esențialul?

— Că noi doi vrem să fim împreună. Atât! Nimic altceva nu mai contează, i-a explicat el, luând-o din nou în brațe.

— E foarte frumos ce spui, dar... mi-e teamă. Cred că e normal să simt asta.

— În viață nimic nu e ușor. Însă trebuie să încercăm să ne bucurăm de ea așa cum putem mai bine și mai frumos. Legat de teamă... Ți-e teamă de mine? a întrebat-o el, privind-o cu o blândețe înduioșătoare.

— Sincer? Da! Mi-e teamă de ceea ce mi-ai putea face, mai ales din punct de vedere sentimental. Mi-e teamă să nu ies cu inima frântă din povestea asta.

— Înțeleg și mă bucură sinceritatea ta. E foarte importantă într-o relație și mai ales într-una frumoasă, așa cum îmi doresc să fie a noastră. Dar fizic ți-e teamă de mine? a întrebat-o el, strângând-o mai tare în brațe.

— Poate puțin! Drumul pe care vrei să mă duci e unul necunoscut pentru mine. Dacă tot suntem la capitolul „deschide-ți inima", uite că ți-am mărturisit și asta.

— Apreciez asta și nu pot decât să mă simt flatat că vrei să mă lași să te duc pe drumul ăsta. Dar, te rog, nu vreau să-ți fie teamă de mine deloc. Bine?

— Voi încerca, deși știu că la un moment dat vei dori ceva foarte important de la mine și... Oh, nu mi-e ușor să vorbesc astfel cu tine, i-a explicat ea, roșind.

— Nu pot decât să te asigur că, până vom ajunge în momentul acela, voi încerca să te ajut să te obișnuiești cu mine, cu ceea ce se întâmplă într-un cuplu, între doi oameni care se plac foarte mult. Nu voi întrece limita impusă de tine, pe cât posibil, i-a zis el, zâmbindu-i ștrengărește, împletindu-și degetele cu ale ei.

— Clyde, ești atât de dulce! Atitudinea asta te ajută să-mi câștigi aprecierea. Asta e, nu mă pot abține! Simt nevoia să-ți spun ceea ce îmi trece prin minte.

— Asta și vreau, Alma! Și, crede-mă, aprecierea ta e doar unul dintre lucrurile pe care le vreau de la tine, *mică vrăjitoare*.

În acel moment, Clyde a pus din nou stăpânire pe buzele ei, de parcă ar fi avut tot dreptul să o facă. Sărutul lui era tandru, blând și răscolitor, în același timp, de parcă ar fi vrut să atingă cea mai sensibilă parte a feminității ei. Iar modul în care palmele lui îi mângâiau spatele o făcea să respire cu greutate; parcă voia să-i arate că se stăpânește să nu o atingă mai mult, și asta doar de dragul ei.

Buzele dulci ale Almei erau un afrodiziac pentru Clyde. Îi plăcea să simtă cum i se abandona în brațe, de parcă acela era locul potrivit pentru ea. Și poate că așa și era. Poate că el era bărbatul potrivit pentru ea, iar ea era femeia ideală pentru el. Nu putea ascunde față de sine faptul că îl bucura ideea că ea era a lui, doar a lui.

După câteva minute, s-au desprins din sărut, răvășiți, dar zâmbitori.

— Bine, gata cu sărutările! E cazul să facem curățenie aici! i-a zis Alma zâmbind.

— De acord! i-a spus Clyde, privind-o drăgăstos.

A ajutat-o să curețe bucătăria, iar apoi a ajutat la pregătirea prăjiturii. După ce au terminat, s-au dus pe rând la baie, pentru a se curăța de făină, iar apoi s-au uitat la un film, în timp ce au așteptat să se coacă prăjitura în cuptor. Când prăjitura a fost gata, au savurat-o cu poftă.

— E foarte bună! i-a spus Clyde, savurând gustul dulce și aroma îmbietoare.

— Venind din partea ta, nu pot decât să mă bucur de compliment. Dar trebuie să te întreb: încerci să mă cucerești făcându-mi complimente? a întrebat Alma, zâmbind.

— Recunosc! Și dacă tot ai adus vorba, spune-mi: reușesc? a întrebat-o el, luând-o de mână.

I-a mângâiat ușor degetele, în timp ce a privit-o cu drag.

— Hmm! Să spunem că ești pe drumul cel bun. Însă tot nu-ți voi dezvălui ingredientul secret, care îți poate asigura reușita, i-a spus Alma, privindu-l, la rândul ei, cu drag.

Doar atingând-o astfel, simțea că el o poate purta spre cele mai frumoase înălțimi ale iubirii, înălțimi din care a auzit, de nenumărate ori, că e atât de greu să te prăbușești.

— Să înțeleg că trebuie să-l descopăr de unul singur?

— Da! Știi, tu și eu așa... Parcă e prea frumos ca să fie real. Mi-e teamă că mă voi trezi la dimineață și toate astea se vor fi petrecut doar în imaginația mea, i-a mărturisit tânăra, tresărind ușor când Clyde i-a atins cu blândețe chipul.

— Da? Ei bine, ori de câte ori vei crede că doar îți imaginezi ceea ce se întâmplă între noi, vino și sărută-mă, oriunde aș fi. Te vei convinge astfel că totul e real.

— Asta e o invitație?

— Da, dar poate fi și un ordin sau o rugăminte. Ia-o cum vrei, cum îți place! a îndemnat-o el, sărutându-i mâna.

— De unde ai replicile astea? Le-ai învățat pe de rost? l-a întrebat ea, dorind să pară netulburată.

Numai ea știa cât de mult îi plăcea ceea ce auzea. Își dorea din toată inima ca tot ceea ce-i spunea el să fie real și, mai ales, să vină din inimă.

— În ciuda ideilor negative care ți-au trecut prin minte, te asigur că nu sunt *replici*. E ceea ce simt. Deși nu pretind că sunt un bărbat perfect sau bun, așa cum mă vezi tu – nu sunt nici pe departe așa –, încerc totuși să fiu sincer. Pe cât posibil.

— Pe cât posibil? a întrebat ea, zâmbind.

— Da! Mai sunt încă multe lucruri pe care nu le ştim unul despre celălalt, dar asta nu înseamnă că nu trebuie să încercăm să ne dăm o şansă.

— Am înţeles, cred. Spune-mi, ce aşteptări ar trebui să avem de la... noi?

— Cred că trebuie să vedem lucrurile dincolo de aşteptări. Nu trebuie să facem nimic, în mod deosebit, doar să fim aşa cum simţim că trebuie să fim. Dincolo de asta, nu putem decât să vedem ce ne rezervă viitorul.

— Nu pot decât să fiu de acord cu tine!

— Spune-mi, cum vezi bărbatul ideal pentru tine?

— În primul rând, cred că nu există bărbatul ideal. Dar dacă vrei să-ţi spun cum mi-aş dori să fie iubitul meu, ei bine, nu e mare lucru de zis. Vreau doar să... Hei! Acum ştiu de ce m-ai întrebat asta. Vrei să ajungi la ingredientul secret!

— Recunosc asta! Chiar sunt curios! Majoritatea fetelor din ziua de azi îşi doresc de la bărbaţii de lângă ele lucruri materiale şi sunt mai puţin interesate de sentimente reale. Eu unul ştiu că nu îmi doresc o asemenea femeie lângă mine.

— Ai zis bine: majoritatea. În ceea ce mă priveşte, ştiu sigur că nu sunt aşa. Dacă aş fi căutat asta, aş fi fost în altă parte acum, cu altcineva, şi nu aş fi urcat în taxiul tău în dimineaţa aceea ploioasă. Deşi nu o să-ţi placă ceea ce vei auzi, eu tot mai cred că destinul ne-a adus împreună. Și nu pot decât să mă bucur. Ești un bărbat complex și abia aștept să te descopăr. Și nu zâmbi așa, nu e vorba despre aspectul acela. Cel puțin, nu încă.

— Să știi că mi-a plăcut ce am auzit. Mai ales dacă mă gândesc la ultima parte.

— Eram sigură că vei spune asta! În fine, îmi doresc foarte mult să-mi trăiesc viața așa cum simt cu adevărat. Fără interdicții, fără sfaturi de care nu am nevoie și fără să mi se dicteze ce să fac. Am făcut asta până acum, destul de mult timp. Pur și simplu, vreau să mă las în voia inimii mele. Nu am nimic de pierdut, iar dacă voi suferi, vreau să știu că a fost alegerea mea.

— Îmi place asta! Toți oamenii ar trebui să fie liberi să aleagă modul în care își trăiesc viața și, mai ales, lângă cine. Cu toții avem speranțe, dorințe, idealuri spre care tindem și trebuie să facem tot ceea ce ne stă în putință pentru a le transforma în realitate. E atât de frumos când visurile devin realitate.

— Se pare că știi ceva despre visurile care devin realitate. Vorbești din proprie experiență, așa e?

— Da, dar nu vreau să detaliez. Nu acum! Nu e momentul...

— E atât de greu să vorbești despre asta, Clyde?

— Da!

— Știi că m-ai făcut curioasă, nu?

— Ei bine, nici tu nu-mi dezvălui ingredientul secret. Am dreptul să am și eu secretul meu!

— Bine, dar nu e vorba despre vreo șapte soții, pe care le ții ascunse pe undeva prin lume, nu-i așa?

— Nu! De fapt, sunt doar cinci, dacă mă gândesc bine! i-a zis el, izbucnind în râs. Numai ție putea să-ți treacă așa ceva prin minte.

— Da, sigur! Râzi de mine... Și copii? Să mă aștept la ceva de genul ăsta?

— Da, la vreo trei! Stai liniștită, nu există soții și nici copii. Sunt doar eu. Și Xenia, sora mea. Se cam bagă ea în viața mea, dar trebuie să recunosc că mi-e foarte dragă.

— Știu! Am observat asta încă de când v-am văzut împreună, pentru prima dată. Aveți o legătură foarte frumoasă și asta îmi transmite o stare foarte bună. Dar părinții voștri?

— Nu am o legătură apropiată cu ei. Putem să vorbim despre altceva, te rog?

— Da, sigur! i-a zis ea, observând schimbarea lui bruscă de dispoziție.

Pe de o parte, îl înțelegea. Până la urmă, și ea avea parte de astfel de experiențe.

Fără să mai spună ceva, l-a luat prin surprindere și s-a cuibărit la pieptul lui, în brațele lui, ascultându-i inima. Era un sentiment unic, imposibil de redat în cuvinte. Nu putea decât să savureze ceea ce simțea. Știa prea bine că, în adâncul inimii ei, era o romantică și o visătoare. Și mai știa că nu putea să fie altfel. Și nici nu voia. Aceea era esența ei, profunzimea, spiritul și abisul ei.

Era convinsă că putea să sufere dacă își deschide inima spre iubire, însă își dorea din toată inima să iubească. Și să o facă cu toată ființa ei. Voia să se dăruiască în totalitate acestui sentiment și, mai ales, acestui bărbat.

Dincolo de alte aspecte ale relației lor, Alma își dorea să iubească așa cum și-a imaginat până atunci că o va face. Total. Complet. Dincolo de adevăruri și de secrete. Voia să simtă gustul iubirii, cel despre care a auzit de atâtea ori că putea fi unul dulce-amar. Credea cu tărie în iubirea adevărată, care învinge toate barierele, interne sau externe. Și mai credea în destin. Își dorea ca ea și Clyde să aibă un destin comun, să fie fericiți și să se iubească, indiferent de obstacolele de care simțea că vor avea parte.

L-a strâns pe Clyde mai puternic în brațe. Tocmai atunci, capacitatea ei premonitorie își găsea momentul să o tulbure. Nu voia să-i spună nimic despre asta, știa ce părere avea el despre darul ei, însă nu se putea abține să nu simtă emoția care o cuprindea. Un lucru începea să devină tot mai sigur: ceea ce simțeau unul pentru altul avea să-i consume cu totul.

În cele din urmă, a deschis ochii și a vrut să se desprindă din brațele lui.

— Te-ai trezit? Credeam că ai adormit, i-a zis el zâmbind.

Zâmbetul acela incredibil de frumos. Oare el știa asta? Era conștient de forța atracției pe care o exercita asupra ei? Și modul în care se lumina la față atunci când o vedea... Era ca și cum toată ființa lui ar fi fost în exclusivitate a ei și încerca să-i transmită acest lucru numai privind-o și zâmbindu-i, fiindcă numai atât putea să facă în acele momente.

— Nu! Dar dacă tot ai adus vorba, ai dreptate. A început să mi se facă somn. Mă duc în camera mea. Noapte bună, Clyde! i-a zis ea, privindu-l fascinată.

Simțea că era pierdută total și că nu va putea vreodată să scape de fascinația aceea, care trecea dincolo de cuvinte, de gânduri și de fapte.

— Ai uitat ceva! i-a zis el pe un ton serios.

— Ce? Am pus prăjitura deoparte, e la loc sigur, totul e în regulă. Ce mai e?

— Eu! Ai uitat de mine! i-a răspuns el.

S-a ridicat de pe canapea, a luat-o în brațe și a sărutat-o timp îndelungat; în acele momente și-au dăruit unul altuia tot ce era mai bun și mai frumos în ei. Descopereau împreună că sărutul devenea hrana lor favorită, fiindcă se alimentau cu ceea ce își transmiteau unul altuia. Blândețea și delicatețea se împleteau cu forța brută masculină și posesivă.

Alma s-a desprins prima din sărut. Nu mai putea să continue astfel. Sau... putea? Teoretic da, însă conștiința nu o lăsa.

— Tu... săruți atât de bine, micuță vrăjitoare! Știi asta? i-a zis el, împletindu-și degetele cu ale ei.

Și-a lipit din nou corpul de al ei, într-o nouă încercare de a o simți aproape.

— Acum da! Mulțumesc, Clyde! i-a zis ea zâmbind, simțindu-i trupul puternic lipit de al ei.

Fiori de plăcere și de teamă se amestecau în ființa ei.

— Pentru ce? a întrebat-o el, mângâindu-i chipul.

— Pentru că ești aici cu mine. Și pentru că mă faci să mă simt atât de fericită și de specială.

— Nu ai pentru ce să-mi mulțumești, Alma. E doar meritul tău. Și să știi că și tu mă faci să mă simt la fel, deși nu merit.

— Nu mai spune asta, Clyde! Tu meriți să fii fericit!

— Și tu la fel! Sper doar să reușesc să fac asta.

— Cu siguranță reușești! Ei bine, chiar s-a făcut târziu și trebuie să mă duc la culcare. Ne vedem mâine dimineață. Noapte bună, Clyde!

— Noapte bună, Alma! i-a urat el, lăsând-o cu greu să plece din brațele lui.

S-au privit apoi lung unul pe altul, până când au intrat în camerele lor, gândindu-se cât sunt de norocoși fiindcă se aveau unul pe celălalt.

Capitolul 8

Alma a fost trezită din somn de o bătaie ușoară în ușă. Era weekend, așa că putea să doarmă până mai târziu.

— Alma, te-ai trezit? Pot să intru? a întrebat Clyde.

— Da! i-a spus ea, în timp ce s-a mai întins o dată în patul mare.

L-a privit intrând hotărât în camera ei. Din instinct, și-a mai ridicat puțin pătura pe ea, deși era îmbrăcată în pijamale. Chiar dacă el se purta într-un mod cuviincios, avea impresia că privirea lui o putea topi în orice clipă.

— Ai vrea să mergem la o plimbare? i-a zis el, așezându-se pe pat și luând-o de mână.

— Da, sigur! Numai să mă îmbrac și vin imediat. Unde mergem?

— Pe aici pe aproape, dar nu-ți spun nimic. Vreau să fie o surpriză. Te aștept în sufragerie, bine?

— Bine! i-a zis ea, privindu-l în timp ce ieșea din cameră.

S-a ridicat imediat din pat, zâmbind în tot acest timp. Era atât de fericită... În sfârșit, simțea că are un motiv puternic pentru asta. Clyde o voia pe ea, în ciuda diferențelor dintre ei. Toată viața s-a simțit ca o Cenușăreasă, iar acum se simțea întocmai ca Cenușăreasa îmbrăcată în haine de prințesă. Și era pe cale să iasă cu prințul. Prințul ei. Își dorea numai ca magia dintre ei să dureze și să poată să prelungească starea aceasta de euforie cât mai mult timp.

A îmbrăcat o rochiță de vară în culori vesele, și-a lăsat părul liber și s-a privit încă o dată în oglindă. Era frumoasă, iar strălucirea din privire o făcea să radieze. Și-a făcut curaj și a intrat în sufragerie, acolo unde Clyde privea o fotografie aflată pe un raft. Arăta atât de bine în pantaloni lungi subțiri, de vară, și o cămașă albastră, care îi amintea de culoarea cerului senin. Și părul brunet... Și ochii căprui... Nu mai punea la socoteală trupul atât de ademenitor, atât de bine pus în evidență de hainele pe care le purta. Ea știa că se află într-un fel de transă, una periculoasă și riscantă, dar totuși atât de frumoasă și de incitantă.

— Sunt gata! i-a spus ea, simțindu-și propriul tremur al vocii.

Clyde s-a întors spre ea și a privit-o cu drag.

— Atunci, hai să mergem! Nu mai sta acolo, poți să vii să mă iei de mână, dacă vrei, i-a spus el, după care i-a zâmbit, așteptând-o să vină la el.

Alma a simțit fiori dulci în tot corpul. A inspirat adânc, după care s-a dus lângă el și l-a luat de mână. A vrut apoi să-l sărute pe obraz, însă el a făcut în așa fel încât să-i sărute buzele. Un sărut rapid, surprinzător, dar frumos și incitant.

Au izbucnit apoi în râs. Clyde a luat-o de mână și au ieșit împreună din apartament. Au luat-o la pas pe străzile colorate și încărcate de istorie ale Vallettei. Atmosfera era aceeași ca de fiecare dată: turiști care se plimbau de colo-colo, încercând să surprindă tot ceea ce era mai frumos din colțul acela de lume, comercianți care încercau să atragă cu mărfurile lor, localnici care se relaxau, la rândul lor, într-un weekend de vară. Și totuși, Valletta avea frumusețea ei, una pe care turiștii își doreau să o revadă într-o zi. Capitala Maltei era apreciată atât de către turiști, cât și de către localnicii care îi cunoșteau deja povestea.

În scurt timp, au ajuns la prima destinație a zilei. Alma l-a privit pe Clyde, plăcut surprinsă de alegerea lui din ziua aceea. Se aflau în fața Bibliotecii Naționale Malteze din Valletta.

— Cum ți se pare? a întrebat-o el zâmbitor, căci bănuia deja reacția ei.

— Foarte frumos! Mulțumesc! Abia aștept să intru și să explorez totul! Sper că nu te grăbești să pleci de aici, i-a zis ea, simțindu-se mai fericită ca oricând.

— Nu mă grăbesc nicăieri! Hai să intrăm! Eu am mai fost aici, dar mă gândeam că poate ți-ar plăcea și ție.

— Cu siguranță da! Eu nu am mai fost aici, dar mi-am dorit să vizitez locul acesta într-o zi. Mă bucur că ziua aceea e azi. Oh, Clyde, ești cel mai bun! i-a spus ea îmbrățișându-l.

— Nu mai spune asta, Alma! S-ar putea să ajung să te cred într-o zi, i-a zis el, strângând-o în brațe.

Era atât de plăcut să o simtă lângă el.

— Atunci îți voi spune asta mai des, până când te voi convinge că așa e.

S-au desprins apoi din îmbrățișare și au intrat în bibliotecă. Văzând rafturi întregi cu diverse cărți, Alma se simțea de parcă ar fi ajuns într-un tărâm al poveștilor. Ca un făcut, erau doar ei doi și un bibliotecar în vârstă în toată clădirea. Era pur și simplu minunat.

— Știai că biblioteca a fost construită în anul 1555 și conține și scrieri personale ale cavalerilor maltezi? a întrebat-o Clyde, luând-o de mână.

Îi plăcea să fie aproape de ea și profita de orice ocazie pentru a face asta.

— Parcă am auzit ceva, dar nu mai știam detalii, i-a răspuns ea, privindu-l în grabă, pentru a zăbovi asupra rafturilor pline cu cărți.

— Fondatorul acestei biblioteci este considerat a fi Luis Guerin de Tencin, iar construcția a fost inaugurată în anul 1812, i-a mai spus el, mângâindu-i mâna.

A lăsat-o apoi să admire în voie cărțile de pe rafturi. Îi plăcea bucuria ei și era fericit pentru că reușise să-i însenineze ziua.

— Unul dintre lucrurile pe care le știu este faptul că, în anul 1925, a fost dată o lege în Malta care prevedea că toți scriitorii trebuiau să ofere, în mod gratuit, câte două exemplare din opera lor către această bibliotecă, a zis Alma, întorcându-se spre el.

— Da, știam asta! Și eu citesc uneori, când am timp, i-a mărturisit el zâmbind.

— Am văzut că ai acasă câteva cărți. Mă bucur. Nu cred că sunt mulți bărbați care citesc. Mie una îmi place foarte mult să citesc. Simt că mă izolez de lumea exterioară și mă transpun în lumea descrisă în pagini. Trăiesc alături de personajele din carte. E ca și cum nimic rău nu mi se poate întâmpla atunci când citesc. Lectura e unul dintre remediile mele favorite.

— Ooo! Ești plină de pasiune când vorbești despre asta. Nu mai zic de cât de frumoasă ești. Chiar dacă roșești, asta nu schimbă adevărul, Alma. Numele tău e atât de potrivit cu întreaga ta ființă. Ești numai suflet, indiferent de ceea ce alegi să faci.

— Oh, Clyde! Ai dreptate! Dar cum mă poți descifra atât de ușor? Și să știi că și tu ești frumos. Foarte frumos! Nu mă pot sătura să te privesc, i-a mărturisit ea fascinată.

Acesta a luat-o de mână și a dus-o între rafturile bibliotecii, acolo unde a luat-o în brațe, nemaiputându-se abține.

— Să spunem că am avut timp să te observ. Și mulțumesc pentru compliment, i-a spus el, apropiindu-se de chipul ei cu un scop evident.

— Clyde! Stai, nu putem face asta aici! Dacă ne vede cineva?

— Nicio șansă! a asigurat-o el, după care a sărutat-o încet, cuprins de o emoție reală, autentică.

Alma l-a cuprins în brațe, lăsând glasul conștiinței deoparte. Era prea dificil să reziste dorinței de a-l săruta. Și nici nu voia. Era un simplu sărut. Nu făcea nimic rău. Și totuși, ce furtună de senzații îi stârnea Clyde prin modul în care o ținea în brațe și o săruta. Era ceva atât de bun și de frumos pentru inima ei atât de greu încercată. Nu voia să-și explice ceea ce simțea, ceea ce trăia. Voia doar să savureze totul.

După un timp, Alma s-a desprins de el, încetișor, ca și cum nu ar fi fost convinsă că trebuie să o facă.

— E timpul să plecăm de aici, nu crezi? i-a zis el, privind-o provocator.

— Să înțeleg că ai și alte surprize pentru mine? Alte obiective de vizitat? a întrebat ea, luându-l de mână.

— Așa e! Să ieșim de aici, parcă s-a încins prea mult atmosfera, nu crezi?

— Răule! Știi că doar tu ești de vină, l-a acuzat ea râzând, îndreptându-se amândoi spre ieșire.

— Eu? Și parcă spuneai că sunt cel mai bun. Când te-ai răzgândit?

— Acum câteva secunde!

Au ieșit în stradă, continuând să zâmbească. Au mers astfel, mână în mână, până când au dat de o mașină de înghețată. S-au așezat apoi pe o bancă, savurând gustul unic al înghețatei de ciocolată. La un moment dat, Clyde a luat puțină înghețată pe deget și i-a pus Almei degetul pe față, jucându-se.

— Clyde! Ce faci? De unde îți vin ideile astea? l-a certat ea în glumă.

— De nicăieri! i-a zis el râzând.

A luat-o apoi prin surprindere și i-a sărutat obrazul, pe locul unde se afla înghețata. Alma a zâmbit și l-a lăsat să o sărute. Nu se mai putea sătura de felul în care o făcea să se simtă.

Au părăsit apoi zona aceea a capitalei pentru a ajunge, câteva zeci de minute mai târziu, la un alt obiectiv turistic foarte important.

— Ce e aici? Nu am mai fost în zona asta până acum, i-a zis Alma curioasă, vizibil interesată de ceea ce vedea.

— Aici suntem în Fortul Sfântul Elmo din Valletta. Nu-i așa că e frumos? a întrebat-o el, în timp ce a luat-o de mână.

— Este minunat! i-a răspuns ea, admirând construcția care semăna cu o cetate care părea să se scufunde în apă, fiind înconjurată în mare parte de aceasta.

— Hai să mergem mai departe, să vedem mai bine. Știai că aici nu a existat, la început, în anul 1530, decât un turn cu ceas? Fortul propriu-zis a fost construit trei ani mai târziu și a avut rol de apărare împotriva invaziilor.

— Foarte interesant! Și ce ziduri groase are...

— Da! În prezent, aici e sediul Academiei de Poliție din Malta, dar putem vizita muzeul, unul foarte frumos, unde vom putea descoperi întreaga poveste a locului.

— Dacă nu aș fi știut sigur, aș fi zis că ești un agent de turism. Atât de bine te descurci să prezinți locurile acestea minunate, i-a zis ea, mângâindu-i obrazul.

Decorul superb și faptul că erau doar ei doi acolo, o făcea să se simtă fericită. Foarte fericită. Mai mult, chiar o predispunea la romantism.

— Aș putea spune că sunt un fel de agent de turism, dar la un nivel mai mic, i-a spus el zâmbind, cuprinzând-o în brațe.

Au admirat priveliștea împreună, îmbrățișați. Amândoi trăiau un sentiment de liniște și de fericire. Erau acolo împreună și asta era tot ce conta.

Au vizitat apoi muzeul, iar după aceea au plecat spre casă. Se simțeau epuizați, dar fericiți.

— Mulțumesc pentru ziua asta, Clyde! Nu am mai fost atât de fericită de... nici nu mai știu de când.

— Plăcerea a fost de partea mea! Și eu m-am simțit foarte bine azi, alături de tine, i-a zis el, venind încet spre ea.

Alma a rămas pe loc. Oricum simțea că nu se poate mișca. Privirea lui o țintuia, făcând-o să rămână acolo unde se afla, în mijlocul sufrageriei. Clyde a luat-o în brațe și i-a capturat buzele într-un sărut ademenitor. Pur și simplu, nu se mai săturau unul de altul. Era de ajuns o privire, un zâmbet și un sărut, pentru ca totul în jurul lor să dispară și să nu mai aibă ochi decât unul pentru celălalt.

Nu știa cum reușea el de fiecare dată, însă ea se simțea ca o regină în brațele lui. Nu se putea decide dacă ar trebui să-l mai sărute puțin sau să se desprindă de el. Ar fi rămas pentru totdeauna captivă în brațele lui, fără să se mai gândească la nimic altceva.

Clyde s-a desprins ușor din îmbrățișare și i-a mângâiat obrazul, fascinat de frumusețea ei, de ea toată.

— E timpul să ne spunem noapte bună, nu-i așa? i-a zis ea, privindu-l cu drag.

— Cam așa ceva! Să nu mă înțelegi greșit, ador să mă săruți, însă lucrurile pot deveni foarte fierbinți. Înțelegi ce vreau să spun! Și nu că m-ar deranja să fiu cu tine chiar în clipa asta, însă cred că pentru tine e puțin cam devreme, nu-i așa?

— Mda! i-a zis ea, gâtuită de emoție și de tulburare.

Abia mai putea să spună vreun cuvânt, atât de mare era încărcătura momentului pentru ea.

— Noapte bună, Alma! E-n ordine, suntem împreună și nu ne grăbim nicăieri. Va veni și ziua în care vom pluti unul alături de altul, însă până atunci...

— Noapte bună, Clyde! i-a spus Alma, după care a plecat în camera ei.

Simțea pentru el ceva atât de puternic în interiorul ei; știa că inima ei îi aparține numai lui. Avea nevoie de cineva care să-i fie alături, să o înțeleagă și să o iubească, fiindcă simțea că nu mai vrea să fie singură.

Capitolul 9

În ziua următoare, Alma și Clyde au avut parte de o vizită surpriză. Atunci când Alma s-a dus să deschidă, i-a văzut în prag pe Xenia și pe Chris. După ce s-au salutat, au mers cu toții în sufragerie, acolo unde era Clyde.

— Bună, frățioare! i-a zis Xenia zâmbind.

L-a îmbrățișat, observând o atitudine stranie la el. Părea mai fericit ca oricând și abia aștepta să afle motivul.

— Bună, surioară! a salutat-o Clyde, răspunzându-i la îmbrățișare.

— Bună, Clyde! i-a spus și Chris, dând mâna cu el.

— Bună, Chris!

— Am venit la voi ca să vă scoatem în oraș. Ce spuneți? i-a întrebat Xenia veselă.

— Nu putem decât să ne bucurăm și să acceptăm, a răspuns Clyde, după care a îmbrățișat-o pe Alma, nemaiputându-se abține.

Voia să împărtășească bucuria lui cu ei. Xenia i-a privit ușor surprinsă, dar fericită.

— Măi, măi... Dar ce se întâmplă? Ce am pierdut de când am fost ultima oară pe aici?

— Se întâmplă numai lucruri bune, surioară. Eu și Alma suntem împreună! a spus Clyde, strângându-și iubita mai tare în brațe, fiind conștient de roșeața de pe chipul ei frumos.

— Oh, ce frumos! Cât mă bucur pentru voi! le-a spus Xenia, îmbrățișându-i pe amândoi.

— Felicitări, Clyde, Alma! le-a zis și Chris, zâmbitor.

— Mulțumim! a spus Clyde, în culmea fericirii.

— Da, mulțumim frumos! le-a zis și Alma, emoționată. De fapt, noi... asta s-a întâmplat de curând...

— Oficial, poate! Numai eu știu cum vă priveați unul pe altul pe furiș când veneam în vizită. Dragostea plutea de mult timp în aer și mă bucur foarte mult că v-ați dat seama de asta... Sunteți foarte frumoși împreună și vă dorim să fiți fericiți și să vă iubiți mult, mult... *Pentru totdeauna*..., le-a spus Xenia încântată.

— Mulțumim, la fel! le-a răspuns Alma, zâmbind.

— Ei bine, acum că zarurile au fost aruncate, hai să ieșim în oraș. De abia aștept să-mi spui totul, Alma. Trebuie să-mi povestești cum a reușit fratele meu să te convingă, i-a zis Xenia râzând.

— Îți spun chiar eu asta, surioară. Nu a fost ușor, dar se pare că sunt un bărbat superb, după cum susține iubita mea, i-a răspuns el zâmbind.

— Serios? Nu m-aș fi gândit la asta, i-a zis Xenia, tachinându-l. Glumesc! De fapt, Alma are dreptate! Fratele meu e cel mai bun!

În atmosfera aceea veselă, cei patru tineri au decis să meargă în oraș, ca să petreacă câteva ore împreună, într-un restaurant pescăresc din apropiere. Au vorbit, au râs, au glumit și s-au delectat cu preparatele proaspete și delicioase care i-au făcut să promită că vor reveni în acel local.

Mult mai târziu, mai spre seară, Alma și Clyde au vizionat un film, adormind îmbrățișați pe canapea.

Clyde a fost cel care s-a trezit primul. A văzut-o pe Alma dormind și a zâmbit. Era atât de frumoasă. După câteva secunde, în care a admirat-o în tăcere, a luat-o în brațe și a dus-o în camera ei, pentru a se odihni. A mai privit-o câteva minute, apoi s-a retras în camera lui, simțindu-se fericit fiindcă el și micuța vrăjitoare erau cuprinși de cea mai frumoasă vrajă: dragostea.

A doua zi, în timp ce se afla la florărie, Alma a fost luată prin surprindere de ușa care s-a deschis. A rămas pe loc când a văzut că Tiffany era cea care tocmai intrase.

— Bună! i-a spus ea cu un glas glacial.

— Bună! i-a răspuns Alma cu inima strânsă.

— Hei! Tu nu ești fata care stătea la Clyde?

— Ba da! Te pot ajuta cu ceva?

— Da! Vreau un buchet, cât mai frumos, de flori. Deși poate să pară ciudat, îți voi spune un secret: e pentru Clyde. Cu toate că m-a supărat în ultima vreme, diseară am de gând să-i fac o surpriză de nerefuzat.

Îl voi surprinde cu o vizită și îi voi aduce aminte cât de bine ne-am simțit împreună. Știi la ce mă refer, nu-i așa? Oh, bărbații ăștia pot fi atât de încăpățânați uneori. Dar noroc cu noi, femei hotărâte, pentru că le arătăm cât de mult greșesc și cât de mult ne vor duce dorul. Știu că, în sinea lui, Clyde tânjește după mine. Ceea ce am avut noi doi nu poate fi înlocuit de nimeni. Clyde e un bărbat atât de bun! Cu siguranță ai observat și tu asta. Nu degeaba te-a primit în casa lui... Nu vrea să înțeleagă că actele acestea, făcute din milă, pot avea și aspecte neplăcute.

Alma a ascultat-o uimită, dar nu a avut puterea să spună nimic. În fond, Clyde era cel care trebuia să decidă pe cine anume voia alături de el. Iar ea nu voia să fie doar un act de caritate pentru el. Mai mult decât atât, o durea ideea revederii lui Clyde cu fosta lui iubită. Cine știe ce se putea întâmpla! Nu putea suporta gândul că există și cea mai mică posibilitate ca cei doi să se împace. A fost cuprinsă de un fior rece, numai când s-a gândit la toate aceste lucruri care o dureau. Pentru ea, Clyde era de neînlocuit, acel ceva unic și frumos care nu va putea să dispară vreodată din inima ei.

În clipa următoare, ușa florăriei s-a deschis. Ambele femei l-au privit, în moduri diferite, pe bărbatul care a intrat. Pentru fiecare dintre ele, Clyde reprezenta cu totul altceva.

La rândul lui, acesta le-a privit surprins. Spre surprinderea acestora, după ce le-a salutat, s-a dus și și-a îmbrățișat iubita și nu s-a mai dezlipit de ea, deși Tiffany îi privea cu ură.

— Ce?! Nu pot să cred, Clyde! Tocmai cu ea m-ai înlocuit? Atât de ușor ți-a fost să treci la alta? Și atât de rapid? Iar tu, fetiță nerușinată, cum ai putut să te încurci cu iubitul altei femei?

— Gata, Tiffany! Până aici! În momentul ăsta pleci de aici și nu te mai întorci. Nu-ți permit să-mi mai necăjești iubita!

— Nu pot să cred așa ceva! Tocmai ei îi iei apărarea! În fine, ce să zic... Rămâi cu sărmana ta fată adunată de pe străzi. Îți meriți soarta! Tocmai mi-am dat seama că nu meriți o femeie adevărată cum sunt eu, i-a spus Tiffany pe un ton de femeie răsfățată, după care a plecat, bucuroasă că a stârnit haos în jurul ei.

Iar tristețea din privirea Almei era răsplata cea mai mare pentru ea. Cu siguranță, săgețile ei otrăvite și-au atins ținta.

După ce Tiffany a plecat, Clyde a întors-o pe Alma cu fața spre el.

— Ce s-a întâmplat? Ce ți-a spus? Sper că nu ai lăsat-o să te supere!

— Mi-a spus o mulțime de lucruri...

— Ce? Spune-mi! Nu lăsa vorbele unei femei ca ea să te afecteze. Nu merită!

— Nici nu aș vrea să vorbesc despre asta.

— Eu vreau! E bine să vorbești, să vorbim despre orice, i-a zis el, mângâindu-i chipul, fascinat de frumusețea ei.

— Ei bine, mi-a spus că... vrea să te surprindă diseară cu o vizită și să-ți aducă aminte, știu eu cum – a precizat și asta –, cât de bine v-ați simțit voi doi înainte. Mi-a mai spus că vrea să te recucerească, dar și că ești un bărbat foarte bun, fiindcă ai făcut un act de caritate primindu-mă în casa ta. Clyde, mă simt atât de confuză! Nu știu cum să reacționez la toate astea. Tot ce știu e că nu vreau să te pierd...

— Ce femeie enervantă! Nu-ți face griji, nu mă vei pierde. Te asigur că nu vreau să mai știu nimic despre ea. Tu ești iubita mea acum și femeia pe care o vreau lângă mine și așa intenționez să rămână lucrurile. Cât despre faptul că te-am primit în casa mea, a fost alegerea mea și nu e treaba nimănui să intervină în viața mea. Și nu interpreta acest gest ca pe un act de milă, iubito! Așa am simțit că trebuie să fac. Am făcut ceea ce am considerat că e bine. Îmi ești foarte dragă, Alma! Doar asta trebuie să reții din toată povestea, ai înțeles? i-a spus el, privind-o cu drag.

Alma l-a privit cu o ușoară suspiciune la început, însă privirea lui caldă a hipnotizat-o cu totul. Iar modul în care o ținea în brațe o făcea să se încălzească în întregime. Brațele lui îi înconjurau mijlocul cu atât de multă pasiune și posesivitate, dându-i impresia de siguranță și de stabilitate, exact lucrurile de care avea nevoie în viața ei.

Clyde a lipit-o mai mult de el și a sărutat-o cu pasiune, arătându-i astfel cât de mult însemna pentru el. Niciunul dintre ei nu avea nevoie de umbre în viața lor. Își doreau doar iubire și armonie. O armonie perfectă a sentimentelor care îi legau. Voiau să fie dovada faptului că dragostea învinge. *Pentru totdeauna*...

În ziua următoare, în timp ce stăteau îmbrățișați pe canapea și se uitau la un film, Alma a observat că iubitul ei are o stare mai ciudată. Părea abătut și nefericit. În momentul în care în film a apărut o scenă cu un incendiu, el a închis televizorul. S-a ridicat apoi de pe canapea și s-a dus la bucătărie, pentru a bea un pahar cu apă. Alma l-a urmat și l-a privit cu atenție. L-a văzut ștergându-și fruntea, privind în gol pe fereastră.

— Ce s-a întâmplat? De ce ai închis televizorul?

— Nu mi-a mai plăcut filmul...

— Așa, dintr-odată? Spune-mi adevărul, Clyde. Simt că e ceva mai mult de atât.

— Nu cred că vreau să vorbesc despre asta. E prea dureros! i-a spus el, neavând curajul să se întoarcă cu fața spre ea.

Alma s-a apropiat de el și i-a atins ușor spatele. Simțea că se află pe un teren minat, însă nu-i păsa. Voia să știe ce îl supăra, pentru a-l putea ajuta. L-a îmbrățișat și și-a lăsat capul pe spatele lui. Din felul în care respira, simțea că ceva îl frământă. Își dorea să-l aline, să-i arate că e acolo pentru el, așa cum și el îi era alături.

— Te cred, dar suntem un cuplu, și așa cum ție îți place să-ți spun orice, așa îmi place și mie să-ți descarci sufletul în fața mea. Vreau să ai încredere în mine, Clyde! Vorbește cu mine! Te rog!

Acesta s-a întors încet spre ea. A privit-o cu tristețe, dar a găsit puterea să-i vorbească.

— Bine, îți voi spune, dar nu știu ce părere vei avea după aceea despre mine. Mi-e teamă! E un lucru extrem de dificil pentru mine...

— Nu trebuie să-ți fie teamă, Clyde! Dacă suntem împreună, nu trebuie să ne fie teamă de nimeni și de nimic.

— Bine! În primul rând, trebuie să afli că, la început, nu am fost doar eu și Xenia. Am mai avut un frate; se numea Clark. Am să-ți spun povestea pe scurt. Atunci când am fost mici, când eu am avut șapte ani, într-o zi, când părinții noștri nu au fost acasă, a avut loc un scurtcircuit la instalația electrică. Astfel, s-a declanșat un incendiu, iar eu nu am putut să o salvez decât pe Xenia. Când am vrut să mă întorc după el, focul a devenit prea puternic. L-am lăsat acolo, Alma, înțelegi? Nu sunt deloc bun! Urăsc când mi se spune asta. După aceea, părinții mei m-au acuzat că l-am lăsat acolo să moară. Nu l-am putut salva și pe el! Toată viața am purtat vina asta cu mine. Sunt o ființă groaznică, Alma! Mă mir că mai ești aici cu mine, i-a spus el, oftând cu greu.

— Nu a fost vina ta, Clyde! Nu aveai ce să faci! Cât despre părinții tăi, nu înțeleg cum au putut să te acuze de așa ceva. E inuman din partea lor! i-a spus Alma, după care l-a îmbrățișat cu putere, încercând să-i transmită că e lângă el și nu va pleca.

L-a sărutat, dorindu-și să-i aline durerea și suferința pe care le-a acumulat de-a lungul anilor.

— Mda! Știu și eu ce înseamnă să nu te înțelegi cu părinții. Nu mai vorbesc cu ei de câțiva ani, de când au vrut să mă oblige să preiau conducerea companiei lor din domeniul mass-media. Eu mi-am dorit altceva pentru viitorul meu...

—E trist să fii obligat să faci ceva ce nu te atrage. Știi, și eu trebuie să îți mărturisesc motivul pentru care nu-mi place să văd polițiști în preajmă.

— Te ascult!

— Adevărul e că, atunci când am fost mică, am fost pusă, împreună cu alți câțiva copii din șatră, să cerșim la colț de stradă. Eram bătuți dacă nu aduceam acasă sumele de bani cerute de către părinții noștri. De câteva ori, cei de la poliție ne-au luat la secție și ne mai certau și ei, de parcă nu eram noi destul de supărați. Un lucru îngrozitor, de altfel, de care nu-mi place să-mi amintesc, dar vreau să cunoști și acest lucru despre mine.

— Ai dreptate, e oribil ce-mi spui! E păcat că se întâmplă astfel de lucruri în lume. Dar ești cu mine acum și voi face tot ceea ce consider necesar pentru a fi fericiți împreună. Ai încredere în mine? a întrebat-o el surâzând.

— Da, am! Ești cel mai bun lucru care mi s-a întâmplat în viață, Clyde! Să nu ai nicio îndoială în privința asta, i-a răspuns ea, îmbrățișându-l strâns.

— Știu cum e, iubito, fiindcă și eu simt la fel despre tine!

S-au întors apoi pe canapea, iar Clyde s-a întins și și-a pus capul pe picioarele ei, în timp ce ea îi mângâia părul. Au rămas tăcuți timp de câteva minute, bucurându-se de faptul că se aveau unul pe altul. Acesta era cel mai important lucru pentru amândoi.

Capitolul 10

După trei luni...

Într-o dimineață de weekend, Alma și Clyde au vizionat un film, stând îmbrățișați în patul din camera lor.

— A fost foarte frumos! i-a spus Alma, cuibărindu-se mai bine în brațele lui.

Îi plăcea cum se simțea alături de el, la pieptul lui. Avea o senzație de protecție și de siguranță, lucruri pe care nu le-a simțit în interiorul familiei.

Clyde și-a apropiat chipul de al ei.

— Da, a fost! i-a zis el, după care a început să o sărute, hrănindu-se cu buzele ei, transmițându-i dorința lui, dar și iubirea lui, precum și fiori dulci care îi traversau tot corpul, umplându-i de plăcere fiecare parte din corp.

Și-a lipit tot mai mult trupul de al ei, făcând-o să simtă cât de mult o dorea. Alma s-a desprins cu greu de buzele lui. Respira tot mai sacadat, iar acest lucru o neliniștea și o incita, în același timp.

— Clyde... Ce facem? l-a întrebat ea, privindu-l nedumerită.

— Dacă ar fi după mine, aș face dragoste cu tine chiar acum, dar nu știu cum ți pare ideea, i-a răspuns el, privind-o înflăcărat și ținând-o în continuare în brațe.

Alma l-a privit surprinsă. Pentru moment nu a știut ce să-i răspundă.

— Există oare un moment potrivit pentru asta?

— Da! Atunci când vrei tu să fie! Spune-mi, te-ai gândit vreodată la noi doi în felul ăsta?

Din vocea lui Clyde răzbătea o tandrețe înduioșătoare, iar ea nu putea să rămână imună la asta. La el.

— Ca să fiu sinceră, da... De câteva ori, mai ales în ultima vreme. Cred că e normal să am astfel de curiozități, deși nu mi-e ușor să recunosc asta față de tine, i-a mărturisit ea, plecându-și privirea.

— Lasă-mă să îți arăt cum poate să fie. Atunci când doi oameni se iubesc, lucrurile astea vin de la sine. Iar eu te iubesc foarte mult! Și te doresc cu fiecare parte a corpului meu, i-a spus el pe un ton încărcat de dorință.

Alma l-a privit cu drag. Era de acord cu el. În fond, și ea simțea același lucru. Voia ca ei doi să devină o singură ființă, în modul acela atât de ademenitor și de frumos.

— Și eu te iubesc, Clyde! Din toată inima, i-a zis ea, după care s-a apropiat și mai mult de el și l-a sărutat.

S-a lăsat apoi sărutată, la rândul ei. Felul în care Clyde o atingea, o mângâia și o dezmierda o făcea să i se topească, pur și simplu, în brațe. Își transmiteau astfel ceea ce simțeau unul pentru celălalt: iubire, dorință, pasiune.

Clyde a continuat să o sărute chiar și atunci când i-a deschis, rând pe rând, nasturii bluziței pe care aceasta o purta. Una câte una, hainele începeau să nu mai reprezinte o necesitate pentru niciunul din ei. Își doreau doar să simtă, să se simtă și să se iubească în cele mai frumoase moduri posibile.

În clipa în care au rămas goi unul în fața altuia, s-au admirat reciproc și s-au lipit unul de altul într-o îmbrățișare caldă și senzuală. Corp lângă corp, inimă lângă inimă, așa erau ei în acele momente atât de prețioase.

Alma i-a simțit pe gât sărutarea fierbinte, dar Clyde era abia la început cu răsfățul pe care îl avea pregătit pentru ea. Voia să o facă să se simtă cea mai importantă ființă din viața lui, fiindcă exact asta însemna ea pentru el.

În timp ce a sărutat-o, Clyde i-a cuprins sânii în mâini, iar apoi, rând pe rând, le-a simțit gustul și textura cu buzele și cu mâinile, făcând ca mugurii lor să se întărească de plăcere.

Alma s-a arcuit ușor spre el, mângâindu-i pieptul tare, puternic, bucurându-se de tot ceea ce bărbatul acesta îi oferea. Nu aveau nevoie de cuvinte. Privirile și mângâierile lor exprimau totul. Emoția sublimă a descoperirii celuilalt, a atingerii necunoscutului...

Clyde și-a depus apoi sărutările ademenitoare pe abdomenul ei, după care a început călătoria plină de sărutări spre zona dintre coapsele ei. Deși simțea că nu mai are răbdare, voia să se stăpânească și să-i ofere clipe de plăcere infinită iubitei lui, momente de care ea să-și aducă aminte *pentru totdeauna*...

I-a desfăcut coapsele cu blândețe, după care a început să o guste, într-un mod dulce, tandru, dar atât de masculin, în același timp. Sunetele de plăcere pe care le primea de la ea erau o încântare pentru auzul și pentru ego-ul lui. Avea atât de multă nevoie de ea, de feminitatea ei sensibilă.

Alma a închis ochii și i-a mângâiat părul lui Clyde, simțind din plin răsfățul lui ispititor. Îi plăcea absolut tot ceea ce i se întâmpla, iar magia pe care el o răspândea în tot trupul ei o făcea să-și dorească tot mai mult. Nu a știut că e posibil să simtă atât de multă fericire și plăcere în brațele unui bărbat, dar se bucura fiindcă lucrurile stăteau astfel.

Câteva minute mai târziu, Clyde i-a sărutat din nou buzele, în timp ce a mângâiat-o în cea mai sensibilă parte a corpului, acolo unde, cu câteva clipe mai devreme, a gustat-o într-un mod atât de delicios.

Alma l-a sărutat și ea, simțind cum tensiunea interioară din corpul ei crește tot mai mult, cu fiecare minut care trece. Îi plăcea să-i simtă pielea pe pielea ei. Avea nevoie de el, să-l simtă al ei, doar al ei, încât aproape nimic nu mai conta. Alma s-a arcuit din nou spre el, venind în întâmpinarea lui, știind că acesta era momentul pe care îl aștepta, momentul în care avea să devină al ei. Pentru o clipă a simțit durere, dar numai până când Clyde și-a găsit mai bine locul în interiorul ei feminin, umed și cald. Sărutările lui o ajutau să se simtă tot mai bine în dansul acela magic și unic al trupurilor, care acum îi învăluia și pe ei doi.

S-a mișcat ușor în ea, până când a simțit că mișcările lui puteau deveni puțin mai rapide. Era atât de bine să fie în adâncul ei, să o sărute, să o simtă lângă el, dar mai ales în jurul lui...

Plăcerea a crescut într-un ritm amețitor de ambele părți, astfel încât, mult mai târziu, extazul i-a surprins pe amândoi într-un mod cât se poate de plăcut și de ademenitor, șoptindu-și unul altuia toată iubirea pe care și-o purtau.

Câteva clipe mai târziu, Alma s-a așezat la pieptul lui Clyde, mângâindu-l. Timp de câteva secunde, niciunul dintre ei nu a rostit vreun cuvânt. Erau conștienți amândoi de importanța momentului minunat pe care l-au trăit.

În cele din urmă însă, Clyde a rupt tăcerea.

— Te iubesc, Alma! Și mă bucur că ești a mea, i-a spus el emoționat, mângâindu-i obrazul.

— Și eu te iubesc, Clyde! Și mă bucur că sunt a ta, și tu al meu, i-a zis ea, la fel de fericită, pierzându-se în ochii lui frumoși.

— Cum a fost? În comparație cu ceea ce ți-ai imaginat că va fi.

— Curiosule!

— Recunosc...

— A fost o plăcere să fiu în brațele tale. E bine așa? i-a zis ea roșind.

Nu se putea abține. Era o reacție pe care nu și-o putea stăpâni.

— E foarte bine și mă bucur că simți așa, iubito!

— Știi? Mi-ar plăcea să rămânem mereu așa, îmbrățișați. Vreau să ne iubim mereu și să avem grijă unul de altul, Clyde.

— Și eu îmi doresc același lucru, iubita mea! i-a răspuns el zâmbind, după care a luat-o în brațe și au adormit împreună, bucurându-se unul de prezența celuilalt.

Capitolul 11

Alma se simțea cuprinsă de emoție. Nu era pentru prima dată când participa la un concurs de gătit, însă acesta era, cu siguranță, cel mai important. Dacă ar câștiga premiul cel mare, suma ar reprezenta jumătate din ceea ce avea nevoie pentru deschiderea propriului ei restaurant. Astfel ar fi cu un pas mai aproape de împlinirea celei mai mari dorințe ale ei.

După ce a pregătit *Lampuki pie* – plăcintă cu pește –, a inspirat adânc și s-a încurajat în gând să treacă dincolo de ușile metalice pentru a duce preparatul său spre analiză celor doi membri ai juriului, despre care nu știa nimic. Nu putea decât să spere că totul va fi bine și că, dintre cei zece concurenți, ea va fi aleasă câștigătoare.

Câteva minute mai târziu, Alma a trecut de ușile metalice. A împins măsuța pe roți pe care era așezat preparatul ei. Locul unde se aflau membrii juriului era scăldat în întuneric. Numai când a ajuns în fața lor luminile s-au aprins, iar ea i-a putut vedea. Despre unul dintre ei știa că este un bucătar renumit. Când l-a privit însă pe celălalt, a avut parte de șocul vieții ei.

Clyde?!

Atât a reușit Alma să spună, înainte să întâlnească privirea vinovată a lui Clyde. A lăsat preparatul acolo și a alergat spre ieșire, nemaiținând cont de nimic. Lacrimile au început să-i curgă pe obraji. Se simțea trădată din nou, dar de data aceasta era cu atât mai rău, cu cât era vorba despre bărbatul pe care îl iubea din toată inima. Nici nu a auzit pași în urma ei, atât se simțea de epuizată mental.

Odată ieșită din clădire, Alma s-a așezat pe cea mai apropiată bancă și a început să plângă în hohote. Cum era posibil așa ceva?! De ce a trebuit să afle în modul acesta că iubitul ei era maestru bucătar? Cum a putut să o mintă în acest fel? De ce nicio persoană din viața ei nu i-a oferit sinceritate? Chiar trebuia să se simtă folosită de către toată lumea?

La un moment dat, Alma a simțit o mână pe brațul ei. L-a văzut pe Clyde în fața ei, privind-o cu regret.

— Alma...

Ea i-a dat mâna la o parte și s-a ridicat de pe bancă.

— Nu mă atinge! Cum ai putut să-mi faci asta?!

— Alma... Nu am putut să-ți spun tot adevărul despre mine, oricât mi-am dorit.

— De ce?!

— Tocmai din cauza modului în care reacționezi acum. Nu pot decât să-mi imaginez cum te simți, dar asta nu trebuie să afecteze relația noastră, i-a explicat el pe un ton grav.

— Care relație? Cea bazată pe minciună? Mi-ai spus că ai nevoie de cineva care să îți gătească, pentru ca acum să aflu că, de fapt, nu ai avut niciodată nevoie de așa ceva. Nu mi-ai spus nimic nici măcar în ziua în care am făcut împreună prăjitura aceea. Te-ai prefăcut că nu știi nimic despre bucătărie. Ești un ticălos și un mincinos, Clyde Borg! Nu am fost pentru tine decât un biet caz caritabil, o simplă fată luată de pe stradă. Ai făcut o faptă bună, numai ca să ai conștiința mai împăcată. De fiecare dată când ți-am spus că ești un bărbat bun, ai negat asta. Acum știu de ce. Ai dreptate! Chiar nu ești bun, Clyde! Ești unul dintre cei mai răi oameni pe care i-am întâlnit în viața mea! Și nu vreau să mai am de-a face cu tine niciodată! i-a spus ea, lovindu-l cu pumnii în piept. Își simțea ochii în lacrimi. Ba mai mult, simțea cum lacrimile îi șiroiau fără încetare pe obraji. O durea sufletul de ceea ce trăia în acele momente.

Clyde i-a luat mâinile de pe pieptul lui și i le-a așezat în jurul lui. A luat-o în brațe, în ciuda protestelor ei.

— Alma, liniștește-te, te rog! Nu-ți face bine să te superi așa. Îmi pare rău, bine? Îmi pare rău! Sunt un prost, bine? Nu am vrut niciodată să te fac să suferi.

— Ei bine, ai reușit! Și încă ce bine... Meriți premiul pentru cel mai bun actor. Te anunț chiar în clipa asta că nu am nevoie de mila ta, Clyde! Începând de azi nu voi mai fi cazul tău caritabil și nici femeia care să-ți încălzească patul până găsești alta mai bună.

— Nu spune asta, iubito! Niciodată nu ai fost așa ceva pentru mine. Nu te las să distrugi ceea ce e între noi. Înțeleg că ai nevoie de un răgaz, ca să te liniștești, dar asta nu înseamnă că trebuie să fii atât de drastică, i-a zis el, ținând-o în brațe cu o mână și mângâindu-i obrazul cu cealaltă mână.

Trebuia să fie nebun să o lase să plece din viața lui. Nu acum, nu după tot ceea ce au trăit împreună și, mai ales, când ea însemna atât de mult pentru el.

Alma a început să tremure de furie în brațele lui. Nu suporta efectul pe care îl avea asupra ei chiar și acum, după ce i-a descoperit secretul. O devasta modul în care o privea și o atingea. Era chiar atât de bun la asta? Fir-ar să fie, nimeni nu a privit-o vreodată la fel ca el și nu i-a atins inima așa cum a făcut-o el. Dacă nu pleca acum, se putea să nu mai aibă puterea să o facă. Se simțea prea rănită și avea inima frântă în milioane de bucățele, chiar dacă el părea să fie, într-adevăr, cuprins de remușcări.

Cu o ultimă fărâmă de rațiune, Alma l-a dat la o parte și a fugit spre stația de taxi. Știa că el o urmărește, însă de data asta nu mai putea să o prindă din urmă. Cu un glas stins, i-a spus taximetristului unde să o ducă, după care l-a privit din nou pe Clyde, pentru ultima oară. Aceasta era ziua în care punea punct la tot ceea ce a fost între ei. O mare minciună. Atât. Numai de astfel de oameni avea parte în viață? De unii care să o mintă și să o folosească după bunul lor plac? Era atât de sătulă de asta. Oare nu mai existau oameni buni în lume?

Ajunsă la apartamentul lui Clyde, Alma și-a făcut repede bagajele. A mai privit o dată fotografia cu ei doi, din camera ei și a lui Clyde, după care a plecat, un gust amar umplându-i sufletul. S-a dus la florărie, acolo unde Phoebe a primit-o cu brațele deschise. I-a ascultat povestea și a ajutat-o să se instaleze, florăria fiind o încăpere din casa acesteia.

Au servit apoi un ceai și au stat de vorbă.

— Am sentimentul că totul se va rezolva în final, draga mea Alma! i-a zis Phoebe, luându-i mâinile într-ale ei.

— Nu știu cum sau când, dar voi fi bine! Cumva voi trece și peste asta. E atât de îngrozitor să te simți folosit și mințit!

— Nu crezi totuși că durerea din tine e cea care vorbește acum? Ai motive să fii supărată, dar nu crezi că ești puțin cam dură cu Clyde?

— Nu! Și nu mai vreau să vorbesc despre asta. Am nevoie de liniște. Și de timp.

— Înțeleg! Te las să te odihnești! Ai nevoie și de asta, i-a zis Phoebe, după care a ieșit din cameră și a lăsat-o singură.

Alma a privit pe fereastră. Ploaia care a început deodată lovea cu putere asfaltul. Până și fenomenul acesta meteorologic îi amintea de Clyde, fiindcă pe o vreme ploioasă ca aceasta l-a cunoscut. Cât de repede se puteau schimba uneori lucrurile în viață. Și câtă durere putea să încapă în inima ei. Clyde și-a bătut joc de ea în tot acest timp. Cum trebuia să se distreze acum, știind că a păcălit-o astfel. Din nou, ea nu a fost decât un pion pe tabla de joc a altora. A închis ochii și imagini cu ei făcând dragoste i-au revenit în minte. Tocmai acum i-a zburat mintea acolo, rătăcindu-se printre amintirile dulci și dureroase, în același timp, în care sărutul lui a făcut-o, pur și simplu, să plutească. Dacă ar mai fi avut răbdare până după concurs, nu ar mai fi făcut dragoste cu el și nu l-ar fi lăsat să devină primul bărbat din viața ei. Și totuși, gândul că nu l-ar mai fi avut nici măcar o dată o durea, pe de o parte.

Cu numai o noapte înainte, timpul parcă s-a oprit în loc pentru ei, iar el i-a arătat toată tandrețea de care era în stare. Cu fiecare sărut, Clyde a făcut-o să se simtă ca o regină. Regina inimii lui. I-a indus sentimentul invincibil că își aparțin unul altuia. A făcut-o să se simtă iubită, adorată și unică. Specială. Doar a lui. Doar pentru el.

Unde erau toate astea acum? Dispărute în neant... Departe, așa cum era luna de soare sau ziua de noapte. Cum rămânea cu presupusa iubire pe care el susținea că i-o poartă? Cum a putut să o mintă astfel? De ce trebuia ca iubirea să doară? Și de ce sentimentul de dor o făcea să se simtă incompletă? Cum va trece și peste asta? Ce leac să folosească pentru inima ei frântă?

Alma s-a pus în pat. Simțea nevoia să doarmă puțin. Și să uite. Să-l uite. *Pentru totdeauna...* Și-a promis că asta a fost ultima dată când a permis cuiva să o folosească și să o mintă. Nu știa ce a făcut ca să merite ceea ce i s-a întâmplat. Nu a făcut niciun rău nimănui. Avea și ea un suflet. Cei din jur chiar nu puteau să înțeleagă asta?!

Capitolul 12

În ziua următoare, în timp ce se afla în încăperea situată în capătul florăriei, Alma a avut parte de o surpriză. A auzit-o pe Phoebe vorbind cu Clyde. Aceasta i-a spus că Alma nu e acolo, așa cum i-a cerut ea cu o zi înainte.

— Phoebe, te rog! Dacă e aici, spune-i că trebuie neapărat să vorbim. Nu poate lăsa lucrurile așa și să plece. Și mai spune-i că a câștigat concursul culinar. Preparatul ei a fost pe placul colegului meu, dar și pe placul meu. Banii au fost deja depuși în contul ei. Îi merită, fiindcă a muncit foarte mult pentru ei, dar și pentru recunoașterea profesională. Și, te rog, mai spune-i că... am nevoie de ea! i-a mărturisit Clyde cu strângere de inimă.

Când Clyde a ajuns acasă, cu o zi înainte, și a văzut că Alma și-a luat lucrurile și a plecat, a simțit un gol imens în suflet. Numai o dată în viață a mai simțit așa ceva, atunci când și-a pierdut fratele mai mic în acel incendiu din care nu a putut să-l salveze. Se simțea pustiit și abandonat. Era o senzație oribilă. Unde mai punea faptul că, de dimineață, a avut parte de o ceartă serioasă din partea Xeniei, care l-a făcut în toate felurile posibile. Era nefericit. Nu voia ca singura femeie pe care o iubea, cu adevărat, să iasă din viața lui.

— Clyde... Mi se rupe inima pentru voi, dar nu pot face nimic pentru tine, i-a spus Phoebe, compătimindu-l.

Acesta arăta de parcă nu ar fi dormit deloc, iar tristețea care i se citea în privire o făcea să i se rupă inima. Pentru amândoi. Nu putea totuși să trădeze încrederea Almei.

— Bine! Dacă dai de ea, te rog să-i transmiți ce ți-am spus. O zi frumoasă, Phoebe!

— O zi frumoasă și ție, Clyde! i-a zis ea, privindu-l apoi cum pleacă.

Aproape imediat, Alma a venit lângă Phoebe. Voia să fie puternică, dar era pe punctul de a plânge. Numai auzul vocii lui Clyde i-a stârnit fiori, dar și tristețe.

— L-ai auzit? Băiatul ăsta chiar suferă după tine. Apropo, felicitări pentru că ai câștigat concursul. Ești cu un pas mai aproape de îndeplinirea visului tău.

— Da... Mulțumesc! Cât despre el, nu vreau să mai vorbesc despre asta. Nu cred în regretul lui. Trebuia să fie sincer cu mine. Eu una știu că am fost. Și nu mi-am dorit decât același lucru.

— Mda! Și cu inima ce faci? a întrebat-o Phoebe, privind-o cu blândețe.

— Nimic! O voi închide. Pentru totdeauna... Va trece și asta. Am primit un dar important și trebuie să mă ocup de visul meu. Asta e tot ce contează pentru mine, i-a spus Alma, ascunzându-și suspinul, care ar fi putut să o trădeze.

— Am înțeles! Vrei să te concentrezi asupra muncii. Asta e foarte bine. Dar până la un punct. Nimeni nu poate să fugă de inima lui și de ceea ce simte cu adevărat. Și nimeni nu poate să fugă de iubire. Iubirea te va găsi oriunde te-ai duce, Alma!

— Înțelepte cuvinte, Phoebe, dar acum nu vreau să mai știu nimic despre capcanele inimii. Cred că mi-au ajuns cât pentru o viață, i-a mărturisit Alma cu tristețe în glas.

Phoebe a îmbrățișat-o, neștiind ce altceva ar fi putut să facă. Uneori, cu toții avem nevoie de asta: de o îmbrățișare și de speranță. Speranța că totul va fi bine, până la urmă. Că undeva, acolo în lume, cineva e, cu adevărat, făcut pentru a ne iubi exact așa cum suntem și să ne vadă frumoși și minunați.

Phoebe a lăsat-o apoi singură pe Alma. S-a dus să se odihnească. Se simțea tot mai obosită în ultima vreme.

Alma îngrijea niște flori când a auzit că s-a deschis ușa florăriei. Când a văzut cine a intrat, aproape a scăpat mica stropitoare din mână. Surpriza era atât de mare, încât a amuțit pur și simplu. A clipit de mai multe ori, ca să se convingă că ceea ce vedea era real.

— Alma! i-a strigat tânărul, care aproape a alergat până la ea pentru a o îmbrățișa.

— Luke! Ești chiar tu? După atâta timp, te văd din nou. Nu-mi vine să cred! i-a spus Alma, simţind un fior de fericire, îmbrățișându-l la rândul ei.

Luke era prietenul ei cel mai bun și se bucura să revadă pe cineva drag. Părul lui blond și ochii căprui erau așa cum își amintea, iar aerul lui tineresc o făcea să-și aducă aminte de prietenia lor, atât de prețioasă pentru ea.

— Nici eu nu pot să cred că te-am găsit! Te-ai făcut și mai frumoasă de când te-am văzut ultima oară, i-a zis el, desprinzându-se cu greu de ea.

— Mulțumesc! Ai venit singur aici, nu-i așa?

— Da! Încă de când ai fugit în ziua aceea din biserică, de la propria ta nuntă, nu am încetat să te caut. Fără să spun nimănui, desigur. Ce mai faci, cum ești? Sper că e totul bine!

— Da! Ia loc, te rog! Avem multe de recuperat, i-a zis ea, așezându-se pe un scaun.

— Așa e! Nu ai idee cât mă bucur că te-am regăsit, i-a spus el, privind-o cu drag.

— Și eu! Dintre toți, tu ai fost singurul care, într-un fel sau altul, ai fost mereu alături de mine, așa cum ai putut, desigur.

Luke s-a așezat la masă, deschizându-și încă un nasture de la cămașa înflorată.

— Și tu ai fost...

— Sper să nu spui nimănui că m-ai găsit. Mi-a fost atât de greu să-mi fac un rost. Dacă ai mei ar afla unde sunt, cu siguranță ar vrea să merg înapoi acasă.

Și nu vreau asta. Nu-mi doresc să mă întorc acolo niciodată. Locul meu nu mai este acolo. Locul meu e aici, alături de Phoebe, la florăria asta frumoasă. Mă simt atât de bine aici!

— Stai liniștită, știi că nu te-aș trăda niciodată. De când ne cunoaștem? Te aud vorbind și nu pot să cred! Te-ai schimbat atât de mult în câteva luni, de când te-am văzut ultima dată. În bine, desigur! Și totuși, îți vine atât de ușor să lași trecutul și familia în urmă? a întrebat-o el, luând-o de mână.

Dacă altcineva ar fi făcut asta, Alma s-ar fi simțit deranjată. Nu permitea oricui să o atingă. Însă fiind vorba de el, nu vedea niciun pericol în gestul acela simplu, prietenesc.

— Da, având în vedere cum m-au tratat și ce mi-au făcut. Mi-e foarte ușor să renunț la niște oameni care nu m-au văzut decât ca pe o marfă de schimb. Sunt foarte supărată pe ei. Am impresia că nu m-au înțeles niciodată. Nu cred că m-au văzut altfel decât ca pe un bun pe care îl pot da la schimb pentru atingerea scopurilor lor obscure, i-a explicat ea, retrăgându-și ușor mâna dintr-a lui.

Atingerea lui nu era ca cea a lui Clyde, desigur. Nimeni nu era ca și Clyde. Uneori se mustra în gând pentru că o parte din ea îi ducea dorul. Era ceva normal, doar renunțase de curând la el. Era conștientă de faptul că un timp îi va simți lipsa. Însă va trebui să se adapteze. Nu avea nevoie de mila nimănui. Cu atât mai puțin de a lui.

A închis ochii pentru câteva secunde, dar i-a deschis repede. Nu era momentul să se gândească la el. Nu din nou. Simțea fiori de fiecare dată când o făcea.

— Te ascult și totuși mi-e atât de greu. Știu că ai suferit mult din cauza lor, dar ei sunt familia ta.

— Nu mai sunt! Și nu mai vreau să vorbesc despre asta. Mai bine, spune-mi despre tine. Ai iubită? Scuze, dar sunt curioasă. Înainte de... știi tu... puteam să vorbim despre orice.

— Și asta nu s-a schimbat, Alma! Încă putem să facem asta, i-a zis Luke, privind-o cu o intensitate curioasă. Și nu, momentan nu am o iubită. Cât despre ceea ce fac zilnic, îți pot spune că lucrez la un atelier auto. Sunt ucenic deocamdată, dar abia aștept să devin mecanic auto. Știi doar cât de mult îmi plac mașinile.

— Da, știu. Doar ne-am plimbat de atâtea ori cu mașina. Mai ai mașina aia sau ai schimbat-o? l-a întrebat ea, citind pasiunea din ochii lui.

Știa că, încă de mic, Luke a fost pasionat de mașini. Dar era un șofer responsabil. Întotdeauna spunea că voia să trăiască, nu să facă vreun accident fatal. Îl știa ca fiind plin de viață. Așa îl simțea și acum, dar avea impresia că ceva s-a schimbat. Acum era mai gânditor, de parcă îl afecta ceva. Da, poate maturitatea, dobândită o dată cu vârsta, îi schimbă pe oameni și îi face mai preocupați de tot felul de lucruri, s-a gândit ea, devenind melancolică.

— Tot pe aia o am! Mi-e dragă, doar e prima mea mașină. Și atât timp cât merge bine, nu o voi schimba. Și mă voi asigura că va merge bine cât mai mult timp posibil, i-a răspuns el la fel de melancolic.

— Mă bucur pentru tine, Luke! Îți doresc să-ți îndeplinești visul, i-a zis ea zâmbind.

— Mulțumesc! Și eu îți doresc la fel. Tu cum stai la capitolul ăsta? Știu că voiai să-ți deschizi un restaurant.

— Ei bine, îți vine să crezi sau nu, dar cu fiecare zi care trece, sunt tot mai aproape de visul meu. Am câștigat premiul cel mare la un concurs de gătit, iar acum am în cont jumătate din suma necesară. Sunt atât de fericită!

— Și totuși, ceva nu e în regulă cu tine. Unde ți-e sclipirea din ochi? Trebuia să sari în sus de bucurie. Alma pe care o știam eu așa ar fi făcut, a spus Luke, ridicându-i chipul spre el.

— Poate că oamenii se mai schimbă, Luke!

— Haide, spune-mi ce s-a întâmplat cu tine? Tu nu ești așa de obicei, chiar atât de tristă, i-a spus el, ciupindu-i ușor obrazul.

— E... Nimic! Nu e important! i-a răspuns ea cu o strângere de inimă.

— De asta ai ochișorii ăștia frumoși atât de triști? Nu mă duci pe mine cu vorba. Haide, spune-mi, pe cine trebuie să bat pentru că ți-a rănit inima?

— Oh, Luke! Ești la fel de grijuliu ca întotdeauna. Nu te lași de treaba asta?

— Niciodată! Atât cât voi putea, voi avea grijă de tine, Alma! Și acum, recunoaște: e vorba despre un bărbat, nu-i așa?

Alma a oftat.

— Întotdeauna e vorba despre unul, nu-i așa?

— Așa se pare! Adică, ce poate tulbura mai mult o femeie decât un bărbat?

— Ai dreptate! E vorba despre un bărbat, dar nu vreau să vorbesc despre asta. Sper să înțelegi. E prea dureros pentru mine să mă gândesc la asta.

— Aha! Deci, micuța mea Alma, ai făcut și tu asta, ți-ai dăruit inima cuiva care nu te-a apreciat? Nu pot să nu întreb, i-a spus el, simțind că-i fierbe sângele în vene.

Ar fi distrus pe oricine i-ar fi făcut rău prietenei lui dragi.

— Eu... Cum să-ți explic? Cred că mi-am dorit să trăiesc o *poveste de dragoste*. Una *nemărginită* și, totuși, *interzisă*, cel puțin în aparență. Am fost *condamnată la iubire*, la *prima* mea *dragoste*. Am avut parte de o *dragoste neașteptată*. Am trăit o vreme *pe valurile iubirii*. Am visat la *unirea destinelor*, în brațele *protectorului* meu. Însă atunci *când trecutul revine*, cum să mai pot spera la *sufletul pereche*? *Legea iubirii* nu e scrisă în niciun manual și în nicio carte de gătit. Acum nu mai pot decât să sper că îmi voi găsi liniștea, *pentru totdeauna.* Nu mai vreau să mă las purtată de tentație. Îmi doresc să-mi duc moștenirea și visul mai departe și să văd, într-o zi, că-mi deschid propriul restaurant. Asta e tot ce contează pentru mine, momentan.

— Foarte frumos ai spus-o! Numai tu puteai să te exprimi astfel. Și totuși, cu visul de iubire cum rămâne?

— Rămâne un vis, deocamdată! Nu mai vreau să doară, Luke! Aș vrea să-mi amorțesc inima, ca să nu mai simtă nimic. Să nu mai sufăr, să nu-mi mai fie dor, să nu mi-l mai amintesc.

— E foarte sensibil ceea ce spui, Alma. Dar nu mă mir, fiindcă tu mereu ai fost așa: un suflet sensibil și frumos. Nu ar trebui să lași pe nimeni să te supere. Niciun bărbat nu are dreptul să-ți ia strălucirea, draga mea prietenă!

— Mulțumesc, Luke! Da, asta sunt eu. Nu pot să fiu altfel decât sunt.

— E foarte bine așa cum ești. Ascultă, eu trebuie să plec acum. Mă bucur mult că te-am găsit. Pot să vin să te mai văd uneori? Ca să vorbim, să pierdem vremea împreună, așa cum obișnuiam să spunem, i-a zis Luke, ridicându-se de pe scaun.

— Sigur că da! Chiar mi-ar face plăcere. Și eu mă bucur că te-am revăzut. E atât de bine să revăd pe cineva drag.

— Haide, vino aici și îmbrățișează-mă! Mi-a fost dor de tine, să știi! i-a zis el, deschizându-și brațele pentru a o primi la pieptul lui, timp de câteva secunde.

Alma l-a îmbrățișat, după care l-a privit cum pleacă din florărie. Într-adevăr, necunoscute erau căile destinului. S-a bucurat să-l revadă pe Luke. Era singura persoană din trecutul său care mai merita aprecierea ei.

Capitolul 13

A doua zi, când Alma se pregătea să închidă florăria, în fața ușii a apărut Luke. Acesta a intrat rapid și a îmbrățișat-o.

— Bună, Alma!

— Bună, Luke!

— Sper că nu te deranjez! i-a zis el cu un aer încurcat.

— Nu, sigur că nu! Mă pregăteam să închid. Dar, haide, intră, nu mai sta acolo.

— O, da? E mai bine! Te aștept aici! Ce spui de o plimbare, acum la ceas de seară?

— Bine, dar vreau să mă întorc repede.

— Nicio problemă! Te voi aduce înapoi cât pot de repede, i-a zis el zâmbind.

Alma și-a luat geanta și o jachetă, a încuiat ușa de la florărie și l-a urmat pe Luke până la mașină.

— Nu mergem pe jos? l-a întrebat Alma cu un aer vesel, în aparență, căci numai ea știa câtă tristețe ascundea în inimă.

— Nu, e ceva de mers până acolo! E un loc frumos și vreau să îți fac o surpriză, așa că..., i-a zis el, zâmbindu-i cuceritor, după care a legat-o la ochi cu un fular.

— Tu chiar vrei să mă surprinzi, nu-i așa?

— Nici nu ai idee! i-a spus el, strângând-o ușor de umeri, după care a ajutat-o să urce în mașină, i-a prins centura și a pornit motorul.

— Ești sigur de asta? l-a întrebat ea, după care s-a mustrat în gând.

Luke era prietenul ei, fratele ei dintotdeauna. Cum putea să se îndoiască de el, chiar și pentru o secundă?

— Foarte sigur! Chiar vreau să îți fac o bucurie. Meriți asta, după toate prin câte ai trecut. Și cine e mai potrivit decât mine să facă asta?

— Bine! Spune-mi, durează mult până ajungem acolo? Sunt doar curioasă! i-a zis ea, nereușind să alunge sentimentul ciudat care a cuprins-o.

Capacitatea ei premonitorie nu-și avea locul alături de Luke. Nu avea de ce să-și facă griji când era cu el. Nu putea fi mai în siguranță de atât. Și totuși, simțea ceva ciudat la el. Aura lui era altfel decât de obicei. Cu siguranță, el avea preocupările lui, propriile lui gânduri și frământări.

— Nu mai e mult! Stai liniștită, totul e în ordine! Îți promit! i-a spus el, mângâindu-i rapid mâna.

Alma a tresărit ușor. I s-a părut doar sau mâna lui a alunecat pentru câteva secunde pe piciorul ei? Sigur i s-a părut! Luke era prietenul ei, nu ar face nimic care să o intimideze sau să o sperie.

— Dă-mi măcar un indiciu despre locul acela.

— Nu! O surpriză e o surpriză!

— Haide! Știi că nu rezist fără să știu chiar nimic...

— Bine, bine! Am uitat cât de încăpățânată și curioasă poți să fii.

— Răule! Știi prea bine că nu e chiar așa, i-a zis ea râzând.

— Da, ai zis bine: nu e *chiar* așa...

— Luke!

— Alma?

— Haide, Luke! Spune-mi ceva!

— Bine! E un loc frumos și știu că odată ajunsă acolo vei fi fericită. Foarte fericită!

— Bine, dacă tu spui asta!

— Chiar știu asta! i-a răspuns el ciupind-o ușor de obraz, gest obișnuit de-al lui.

De data aceasta însă, era însoțit și de o mângâiere rapidă pe obraz.

După câteva zeci de minute bune sau, cel puțin, așa i s-au părut Almei, Luke a oprit motorul. A coborât din mașină, după care a ajutat-o și pe ea să facă același lucru. A oprit-o să-și dea jos fularul de la ochi.

— Nu te grăbi! Mai e puțin! i-a zis el.

A luat-o apoi de mână și a ajutat-o să meargă câțiva metri mai departe. Apoi s-au oprit. Alma a auzit că el a deschis o ușă, după care au intrat într-o încăpere. Apoi ușa s-a închis.

— Poți să-ți dai fularul jos, Alma! i-a spus el pe un ton ciudat.

Aceasta și-a dat jos fularul de la ochi. În același timp, a simțit cum i-a căzut vălul de pe ochi în ceea ce îl privea pe Luke. Pur și simplu, s-a blocat pentru câteva secunde. A simțit cum sângele i se scurge din corp, iar teama o cuprinde tot mai mult, fără să o poată opri. Se afla în casa părinților ei. Cuvântul trădare, asociat lui Luke, i se părea cel mai potrivit pentru a descrie ceea ce acesta tocmai îi făcuse.

A închis ochii și a rămas pe loc. Știa prea bine ce însemna faptul de a fi din nou în fața lor. Se simțea de parcă ar fi fost adusă la judecată. Ca și când cineva ar fi avut dreptul să-i facă asta: să-i judece viața și să-i critice alegerile.

— Bine ai revenit acasă, Alma, i-au spus părinții ei în cor, pe un ton ironic, fără să schițeze vreun semn că ar vrea să o îmbrățișeze, fără să se bucure sincer să o revadă.

I-a privit cu teamă. Știa ce o așteaptă. L-a căutat cu privirea pe Luke, ca și cum el ar fi putut să o ajute. Altă dată, poate, el ar fi făcut-o. Acum însă, tocmai el a fost cel care a trădat-o în cel mai urât mod cu putință. Știa că a încuiat ușa, așa că nu avea nicio cale de scăpare. Iar geanta și telefonul ei erau în mașina lui Luke, care o privea acum cu un aer de superioritate, ca și când ceea ce i-a făcut era cel mai bun lucru.

— Nu vreau să fiu aici! Lăsați-mă să plec! le-a cerut Alma, vrând să plece spre ușă.

— Nu mai pleci nicăieri de acum înainte, fată nerecunoscătoare! i-a spus tatăl ei pe un ton poruncitor.

— Luke, lasă-mă să plec! Ajută-mă, te rog! De ce?! De ce mi-ai făcut asta?! Ești ca și fratele meu, prietenul meu încă de când am fost mici. Cum ai putut să-mi faci asta?! i-a spus ea cu disperare în glas, încercând să-și elibereze brațul din mâna lui.

L-a privit în ochi, rugându-l, implorându-l să o ajute și să o salveze. În zadar însă, căci el a privit-o cu răceală. Părea să nu mai fie el sau, cel puțin, nu acela pe care ea îl știa.

— Nu, Alma! Locul tău e aici, cu noi, cu mine. Aparții acestui loc și nu vei mai pleca de aici. Cu cât înțelegi asta mai repede, cu atât va fi mai bine pentru toată lumea, i-a explicat el, mângâindu-i obrazul în treacăt.

Alma i-a dat o palmă peste obraz și s-a zbătut, fără succes, ca să se elibereze din mâinile lui.

— Nu aveți niciun drept să decideți pentru mine! Lăsați-mă să plec! Ceea ce faceți voi se numește răpire, nu înțelegeți?! Voi merge la poliție și o să...

— Nu vei merge niciunde, Alma! Până una alta, Luke, du-o în camera ei, i-a spus mama ei, privind-o cu dispreț.

— Nu puteți să faceți asta! Pur și simplu nu se poate! Numai eu am dreptul să decid ce voi face cu viața mea! Nu vă voi lăsa să faceți ce vreți cu mine! le-a strigat ea, în timp ce era dusă cu forța în camera ei.

Luke a dus-o în cameră, apoi a încuiat-o acolo. Alma s-a uitat în jurul ei. Nu era nicio cale de scăpare. Până și la geam erau bătute scânduri, pentru ca ea să nu poată evada. În rest, camera ei era la fel cum a lăsat-o atunci când a plecat, ca atunci când a văzut-o ultima dată.

S-a așezat pe marginea patului. Gânduri negative au început să-i treacă prin minte. Din nou, intuiția ei a avut dreptate. Ce păcat! Și Luke... Cum a putut să-i facă așa ceva?! Cum să facă să plece de aici? De ce nu și-a ascultat instinctul? Ticălosul de Luke a știut să o manipuleze atât de bine. Din nou se simțea trădată de cineva apropiat. Cu siguranță, el și părinții ei puneau ceva la cale. Dar ce anume? De ce nu o lăsau să-și trăiască viața așa cum își dorea?! Cum puteau să fie atât de răi, de cruzi?! Nu-și dădeau seama ce îi făceau?!

La un moment dat, ușa s-a deschis, iar mama ei a intrat în cameră.

— Spune-mi: e adevărat că ai avut un iubit? Luke mi-a spus ceva de genul ăsta, i-a zis ea, privind-o cu răceală.

Alma s-a înroșit la față. Nu putea să-i ascundă nimic. Știa că, într-un fel sau altul, mama ei avea să afle adevărul. În orice caz, nu le va spune numele lui. Dacă mai putea să facă ceva pentru el, pentru a-l proteja, va face asta. El nu merita să sufere din cauza nebuniei celor din șatra ei.

— Da! i-a spus Alma, privind în jos. Nu vreau nimic de la voi, vă rog doar să mă lăsați să plec de aici, a adăugat ea, ridicându-și chipul spre aceasta.

O palmă a lovit obrazul Almei cu atâta forță, încât ochii acesteia s-au umplut de lacrimi aproape imediat.

— Chiar crezi că vei scăpa atât de ușor, după tot ce ne-ai făcut?! După toată rușinea pe care a trebuit să o îndurăm din cauza ta?! Ți-ai bătut joc de noi, ne-ai lăsat, atât pe noi, cât și pe mirele tău, cu ochii în soare și ai fugit, pur și simplu. Ce a fost în mintea ta?!

— Ideea de libertate! Mi-am dorit să fiu liberă, să-mi trăiesc viața așa cum îmi doresc! i-a răspuns Alma, ținându-și mâna pe obrazul lovit.

Pentru prima dată în viață, avea curajul să-și înfrunte mama. Aproape că îi ura, după felul în care s-au purtat cu ea.

— Libertate?! După ce te-am lăsat să mergi la școală mai mult decât era necesar, tu vorbești despre asta?! Ne-ai promis, mie și tatălui tău, că te vei mărita cu bărbatul ăla, numai să te lăsăm să termini liceul. Și tu ce ai făcut?! În ziua nunții, ai fugit din fața altarului, ca să fii liberă! Ce prostie! De parcă aici, alături de noi, nu ai avut niciodată tot ceea ce ai vrut! Urma să fii bogată, să ai un viitor sigur, dar pe tine nu te-a interesat!

— Și nu mă interesează nici acum! Nu bogăția mă atrage la un bărbat, ci felul în care mă face să mă simt, i-a spus Alma, auzind în mintea ei numele lui Clyde.

O nouă palmă i-a înroșit celălalt obraz.

— Dezmățato! Dacă tatăl tău te-ar auzi... te-ar bate mai rău decât mine. Cum poți să fii atât de nerușinată?! Să înțeleg că ți-ai pierdut virtutea cu un oarecare?!

— Nu spune asta! Nu o spune așa! Poți să mă bați cât vrei, eu nu renunț la ideile mele.

— Spune clar: da sau nu? Știi că pot să aflu răspunsul în mai multe feluri...

— Da..., i-a răspuns Alma, pentru a evita să fie controlată de mama ei și de altă femeie în vârstă din șatră.

Nu voia să treacă printr-o astfel de umilință. Îi era de-ajuns faptul că era din nou acasă. Viața ei nu putea să ia o întorsătură mai urâtă decât atât.

— Ești o... Dar nu-i nimic, vei plăti pentru asta și știi exact cum. Avem atâtea vești bune pentru tine, Alma! i-a spus mama ei pe un ton ironic, roșie la față de furie.

— Nu mă interesează ce credeți despre mine. Eu știu cine sunt și cât valorez. Niciunul dintre voi nu-mi va putea lua asta.

— Cum îl cheamă pe ticălos?! Cine e?!

— Nu știu și chiar dacă aș știi nu v-aș spune niciodată! a spus Alma, simțindu-se cuprinsă de o tristețe fără margini.

Chipul lui Clyde îi apărea în minte, în gând, în inimă, ca un remediu pentru durerea fizică și sufletească pe care o simțea.

— Cum adică nu știi? Vrei să spui că te-ai culcat cu primul străin care ți-a ieșit în cale? Nu pot să cred că am crescut așa ceva! O stricată, asta ești pentru mine!

— Nu-mi pasă! Spune-mi ce vrei, nu mă mai poți răni, nu te mai las! Și dacă chiar ai părerea asta despre mine, foarte bine, lasă-mă în pace! Lasă-mă să plec de aici, să ne vedem fiecare de viețile noastre! i-a spus Alma pe un ton răstit, deși ura să se certe.

Nu-i era ușor să audă astfel de vorbe tocmai de la mama ei, însă acum era prea târziu. Răul era făcut.

— Ai vrea asta foarte mult, așa-i? Ei bine, nu va fi așa cum vrei tu. De azi înainte, vei face totul așa cum spunem noi, i-a zis mama ei, după care a plecat.

Alma a rămas singură, pradă deznădejdii. Nu îi venea să creadă ce farsă îi juca destinul, cel căruia ea i-a acordat mereu atât de multă încredere. S-a așezat pe pat, după care a început să plângă încet, pentru ca nimeni să nu o audă. Cu siguranță, nu merita ceea ce i se întâmpla. Era ca o pasăre căreia tocmai i s-au tăiat aripile și i s-a frânt zborul. Nu-și dorea decât să fie cât mai departe de aici. Să fie liberă, să zboare așa cum vrea și să aleagă tot ceea ce se va întâmpla în viața ei.

Deși Clyde a mințit-o, știa că o parte din ea nu îl va uita niciodată. El a fost și știa că va rămâne băiatul ei special. Prima bătaie adevărată a inimii, primul sărut, prima oară, primul tot... Ce păcat că ea a fost pentru el doar o distracție și un act de milă. Momentele frumoase pe care le-au petrecut împreună îi reveneau în minte, ca o amintire a ceea ce a pierdut. *Pentru totdeauna*.

Destinul... Putea fi atât de crud uneori... Iar ea i-a acordat toată încrederea. În ce fel meschin se putea juca cu viețile oamenilor. În ce mod putea să-i facă să dea totul, pentru ca mai târziu, să rămână fără nimic.

Alma simțea o senzație de gol interior, așa cum nu a mai simțit niciodată. Nimic din ceea ce i s-a întâmplat până atunci în viață nu i s-a părut mai rău sau mai greu decât ceea ce trăia în prezent.

A adormit cu greu, din cauza gândurilor negre care i-au trecut prin minte. Nesiguranța, teama, instabilitatea. A sperat să nu mai simtă toate astea niciodată. Și totuși, acestea făceau din nou parte din viața ei. Până când urma să mai sufere? Cât o va mai ține așa? Cum putea să facă să dispară toate astea?

Era convinsă de faptul că părinții ei nu îi pregătesc nimic bun, iar incertitudinea o măcina.

În ziua următoare, Alma a fost trezită din somn de ușa care s-a deschis cu putere. Mama ei a intrat în cameră.

— Ridică-te din pat, Alma! i-a spus aceasta, privind-o cu ură.

Ea s-a ridicat, deși nu se simțea în stare să-și înfrunte părinții, din nou.

— Hai cu mine! i-a cerut ea, pe un ton care nu admitea contraziceri, după care a luat-o de mână și aproape a târât-o în sufragerie, acolo unde se aflau tatăl ei, Luke, dar și alte persoane importante din șatră.

Ajunsă în fața lor, Alma s-a simțit atât de expusă, încât i-a venit să fugă de acolo. A văzut ura, acuzațiile, dar și prejudecățile din privirile lor. Chiar nu realizau că o făceau să se simtă ca ultima infractoare? Sau poate că tocmai asta era intenția lor. Cât despre Luke, acesta o privea de parcă ar fi fost prada lui. Ar fi vrut să se ascundă undeva, departe de toți, într-un loc în care să fie liberă și fericită. Cerea oare prea mult de la viață?

Tatăl Almei a început să vorbească, exact ca un judecător care dădea o sentință celui condamnat.

— Din cauza rușinii la care tu, Alma, ne-ai supus, am hotărât ca timp de o săptămână să suporți consecințele acțiunilor tale nesăbuite. Vei primi drept pedeapsă câte zece lovituri de bici în fiecare zi, iar în ultima zi vei deveni mireasă, din nou. De data asta, vei fi soția lui Luke, care și-a câștigat acest drept în ziua în care te-a adus înapoi acasă. Acum, vei merge de la un capăt la celălalt al șatrei, iar noi, cu toții, vom fi liberi să ne manifestăm disprețul față de tine și știi prea bine ce înseamnă asta.

Alma și-a privit tatăl cu teamă. A înghițit în sec, fiindcă știa prea bine ce o aștepta. Dar nu a crezut vreodată că și ea se va afla într-o astfel de situație.

— Puteți să-mi faceți ce vreți, dar sufletul meu nu vă va aparține niciodată! le-a spus Alma, dezgustată și speriată, în același timp.

A simțit totuși nevoia să-și exprime punctul de vedere.

— Nu ne interesează sufletul tău, Alma! Pentru noi ești o trădătoare și vei plăti pentru ceea ce ai făcut! i-a zis tatăl ei, profitând de ocazie ca să-i dea o palmă.

Aceasta a fost atât de puternică încât Alma s-a clintit din loc. Forța tatălui ei era binecunoscută în toată șatra, mai ales că el era șeful acesteia. Și-a pus mâna peste locul lovit și a încercat din răsputeri să-ți rețină lacrimile care amenințau să-i țâșnească din ochi, dintr-o clipă în alta.

Aproape imediat, a fost împinsă de tatăl ei afară din casă, în șlapi și cămașa albă de noapte pe care o purta, pe o ploaie torențială, gata să fie umilită de către toți cei din șatră. A început să meargă prin ploaie, simțindu-se mai singură și mai lipsită de apărare ca niciodată. Ploaia șiroia pe corpul ei, de parcă ar fi fost singura care ar fi vrut să o spele de păcate. Ca și cum lucrurile nu erau destul de rele, toți cei care o priveau, bătrâni, adulți, tineri, copii, au început să arunce cu roșii, ouă și ce le-a mai venit la mână, rănind-o, atât fizic, dar mai ales psihic, numai pentru că puteau să facă acest lucru.

Noroiul prin care pășea se potrivea atât de bine cu starea ei interioară; simțea că merge printr-o mlaștină, una a sufletelor care nu pot să vadă dincolo de reguli obtuze și absurde, de principii învechite și de norme inventate pentru a sfâșia spiritul ființei umane.

Fiecare privire și gest de ură o făceau pe Alma să se simtă străină de mediul și de oamenii în mijlocul cărora a crescut. Dacă ei o urau, și ea avea dreptul să o facă. Cei cu care până acum câteva luni a râs, a glumit sau le-a zis o vorbă bună, erau aceiași care acum o certau și o jigneau, de parcă ea ar fi fost un nimic.

Cu ce drept o condamnau și o judecau după bunul lor plac, ca și cum ar fi avut ceva de câștigat din acest lucru? Cum se mai puteau numi oameni cei care își răneau semenii? Oare cine era perfect dintre toți cei care trăiau pe pământ? Nimeni! Și nimeni nu avea dreptul să înfrângă spiritul altuia. Era atât de ușor pentru ei să-i facă rău. Asta pentru că, cu siguranță, le era la fel de greu să facă bine.

Unii oameni sunt ahtiați după cât mai multă putere, de parcă acesta ar fi cel mai important lucru din lume. Unora le place să-i vadă supuși pe ceilalți și să domine prin teroare și prin dezbinare. Iluzia că sunt deasupra celorlalți le hrănește interiorul întunecat.

La toate acestea se gândea Alma, în timp ce mergea cu greu prin fața celorlalți. A privit spre cer, rugându-se pentru salvare, pentru speranță, pentru bine. Picăturile de ploaie o udau până la piele, intensificându-i senzația de răcoare. Trebuia să accepte realitatea: totul era împotriva ei, iar cei care o judecau voiau să îi ia chiar și speranța; nici măcar atât nu-i mai era permis.

După ce și-a terminat defilarea prin fața oamenilor din șatră, Alma a fost luată de tatăl ei și dusă într-un fel de hambar, acolo unde a fost legată de mâini, cu spatele la el. A tăcut tot timpul în care a simțit biciul lovindu-i pielea fină a spatelui. Era pedepsită astfel pentru că a avut îndrăzneala să nu se supună voinței părinților ei și, pe deasupra, a mai făcut și greșeala să se dăruiască unui bărbat din iubire. Pentru unii oameni, iubirea era o greșeală. Ce trist!

La prima lovitură, Alma a tresărit, dar și-a promis că nu-i va da satisfacția să o vadă și să o audă suferind. Pe pielea udă, loviturile se simțeau și mai dureroase.

La un moment dat, a simțit că i-a dat sângele, care a început să-i curgă pe spatele ud. Au urmat, după aceea, a doua, a treia lovitură... și tot așa, până la cea de-a zecea lovitură, cea mai puternică și dureroasă dintre ele. Le-a primit pe toate cu ochii strâns închiși și cu gândul că, odată și odată, toate astea se vor termina.

— Așa îți trebuie, fată nerecunoscătoare! Să te înveți minte să mai faci cum vrei tu! De acum înainte vei ști că ai părinți, nu ca până acum!

Atât i-a spus, după care a plecat. La scurt timp după aceea, cineva a intrat în hambar. Alma a simțit că e luată în brațe și dusă în camera ei, fiindcă, pur și simplu, nu mai era în stare să meargă. În cele câteva secunde cât a deschis ochii, l-a văzut pe Luke ducând-o în brațe.

Apoi totul s-a întunecat în mintea Almei, căci era aproape leșinată și adormită.

Capitolul 14

După încă șase zile...

După încă alte șase zile de chin pentru Alma, zile în care de abia a mâncat și în care a simțit durerea cauzată de biciul tatălui ei, în cea de-a șaptea zi a îmbrăcat, din nou, rochia albă de mireasă, fără pic de entuziasm.

În după-masa acelei zile ploioase, Alma se afla în biserică. Era îmbrăcată în mireasă, pentru a doua oară în viața ei, tot pentru cineva pe care nu îl iubea. Cât de crud și de nepăsător putea fi destinul uneori.

În timp ce preotul ținea slujba, Alma se gândea la tot ceea ce i se întâmpla, fără voia ei. Încerca să stea dreaptă, însă durerile de spate o copleșeau. Nu avea niciun sprijin de nicăieri, niciun ajutor, nicio luminiță ivită la capătul tunelului. Niciun cavaler în armură strălucitoare, care să o salveze...

Alma stătea acum lângă Luke, care de abia aștepta să devină a lui. Deși biserica era atât de frumos aranjată și totul arăta superb, inima Almei era goală.

Peste numai câteva ore, urma să devină soția lui Luke, în adevăratul sens al cuvântului. Nici nu putea să se gândească la faptul că el o va forța să devină a lui. Oare viața o condamna, la rândul ei? Ea nu avea dreptul la fericire și la liniște?

Deși era îmbrăcată în rochie albă, Alma nu simțea niciun strop de fericire. Fericirea nu mai exista pentru ea. Basmele și poveștile de dragoste nu o mai puteau salva acum. Iubirea rămânea o noțiune atât de abstractă și de dureroasă încât numai gândul la aceasta o sfâșia pe dinăuntru.

Ce se va alege de visul ei? Banii ei stăteau într-un cont, neștiuți de nimeni, fără să-i mai poată folosi vreodată ca să-și deschidă restaurantul mult visat. Unde rămâneau visurile, când realitatea era atât de neagră?

Cine știe ce gândea Phoebe despre ea? Și... Clyde... Oare cum era viața lui acum? Cu siguranță, și-a găsit fericirea în brațele altei femei. Era logic să fie așa, după ce ea l-a respins. Și totuși, cum ar fi fost dacă în locul lui Luke s-ar fi aflat Clyde? Oare cum s-ar fi simțit? Ar fi renăscut sau l-ar fi respins din nou?

Ce se va alege de ea, de viața ei, de speranțele și de iluziile ei? Oare i-a fost scris să cunoască fericirea și extazul alături de Clyde, pentru ca mai apoi să afle ce este agonia?

Cu ce a greșit atât de mult în viață de merita o astfel de soartă? De ce nu mai putea să simtă nimic în legătură cu viitorul ei? Cum de intuiția nu-i mai spunea nimic? Oare și aceasta a părăsit-o? Oare propriul ei ego tăcea, supus și înfrânt?

A privit spre icoanele din biserică și a început să se roage în gând. A implorat divinitatea să o salveze, să-i trimită un semn. Nu putea să conceapă să trăiască o viață eșuată din punct de vedere sentimental, dar și din alte puncte de vedere.

Chiar și ea avea dreptul la o nouă șansă, la o viață așa cum și-o dorea, pentru că, în caz contrar... Tot felul de gânduri negre i se conturau în minte. A privit, la un moment dat, spre ieșirea din biserică, însă nu mai putea să fugă ca data trecută. Aceasta era păzită de oamenii de încredere ai tatălui său.

Alma și-a întors privirea spre tavanul bisericii. Și-a imaginat că privește cerul și s-a rugat. Nu știa ce altceva ar putea să mai facă. Simțea că se scurge viața din ea.

Dintr-odată, a auzit vocea preotului, care a întrebat:

— Există cineva care se opune acestei căsătorii? Dacă există, să vorbească acum sau să tacă pentru totdeauna!

Pentru totdeauna... Ce sumbru sunau aceste cuvinte atunci când erau resimțite în mod negativ, se gândea Alma, în timp ce toată lumea aștepta finalul slujbei.

Nimeni nu se aștepta ca vreunul dintre cei prezenți în biserică să se opună acestei căsătorii. Ar fi fost culmea!

Însă tocmai când preotul se pregătea să treacă mai departe, o voce a răsunat în biserică.

— Eu, părinte! Eu mă opun acestei căsătorii!

Alma s-a întors spre intrarea în biserică. Avea vedenii? Inima a început să o ia la goană și chipul i-a pălit. Corpul a început să-i tremure de emoție și de surpriză. Clyde era acolo, stând drept, fără teamă în fața tuturor, exprimându-și părerea. Părea un războinic maltez, calm, dar ferm, care își cerea dreptul asupra femeii iubite. Iar când privirea lui s-a oprit asupra ei, Alma a simțit dorința din ochii lui, dar și iubirea pe care i-o purta. Privirea lui era fierbinte și tunătoare, în același timp, gata să ardă pe oricine i s-ar fi opus.

Preț de câteva secunde, timpul s-a oprit în loc pentru ei. Cei doi s-au privit cu o intensitate care nu putea fi înțeleasă de către cei din jurul lor, dar care avea atât de mult sens pentru ei.

— De ce spui asta, fiule? l-a întrebat preotul, ignorând rumoarea care se produsese în biserică.

Nu ținea minte să i se mai fi întâmplat așa ceva în timpul unei slujbe de căsătorie.

— Această căsătorie nu poate avea loc, fiindcă mireasa nu-și dorește acest lucru.

— De unde știi asta, fiule?

— E simplu, părinte! Mireasa mă iubește pe mine! Și eu pe ea! a răspuns Clyde, privindu-i pe rând pe preot și pe Alma, care mai avea puțin și izbucnea în lacrimi.

— E adevărat, fiica mea? a întrebat-o preotul, privindu-i cu atenție.

— Da, părinte! a recunoscut Alma, cu ochii plini de lacrimi.

A vrut să meargă spre Clyde, însă Luke a prins-o de braț.

— Dă-i drumul sau nu răspund de faptele mele! i-a cerut Clyde lui Luke, fixându-l cu o privire ucigătoare.

— Vă rog să respectați Casa Domnului! a răsunat greu glasul preotului. În acest caz, nu mai e nimic de făcut. Această slujbă se oprește aici! Vă recomand să mergeți la casele voastre. O zi în pace!

— Dar părinte..., s-a auzit glasul tatălui Almei, nemulțumit peste măsură de felul în care decurgeau lucrurile.

— Vă rog! Am spus tot ce am avut de spus! a încheiat autoritar părintele, după care i-a privit pe Clyde și pe Alma cum pleacă în fugă din biserică.

În urma lor au ieșit toți nuntașii, pentru a-l pedepsi pe Clyde. Surpriză însă: ajunși afară, cei doi îndrăgostiți au fost flancați de taximetriști și de bucătari, colegii lui Clyde, astfel că cei doi au urcat în mașină și au plecat. Au fost urmați, o bucată de drum, de însoțitorii lui Clyde, pentru a se asigura că aceștia ajung cu bine la destinație.

În mașină, Alma abia și-a putut stăpâni lacrimile. Erau lacrimi în care erau cuprinse atât de multe emoții: tristețe, eliberare și bucurie, în același timp. În timp ce ea lăcrima, afară ploua puternic.

— Ne vedem din nou pe o vreme ca asta! Am impresia că ploaia reprezintă un fenomen important pentru noi! i-a spus Clyde, mângâindu-i ușor mâna, după care și-a îndreptat atenția la drum.

Abia aștepta să ajungă acasă, să o țină în brațe, dacă ea îi va da voie. Știa că încă e supărată pe el, putea să citească asta în privirea ei, însă avea sentimentul că i s-au întâmplat multe lucruri în timpul în care nu s-au văzut. Tristețea din privirea ei îl făcea să vrea să distrugă pe oricine ar fi supărat-o.

Alma l-a privit rapid, după care a încercat să-și controleze reacțiile. Nu putea să plângă prea mult, deoarece îi era teamă că nu s-ar mai fi oprit curând. Simțea nevoia de eliberare, însă îi era jenă să plângă de față cu Clyde. Cu greu și-a găsit puterea să-i vorbească.

— Cum m-ai găsit? De unde ai știut unde voi fi?

— Alma, iubito! Avem timp mai târziu pentru toate explicațiile. Acum însă, tot ce vreau e să știu că ești bine, cât se poate de bine.

— Cred că pot să spun că acum sunt bine, i-a spus ea, având grijă să nu se lipească cu spatele de scaun.

Se simțea atât de obosită, atât fizic, cât și psihic, încât nu-și dorea decât să doarmă și să nu vorbească. Să nu mai știe de nimeni și de nimic.

— Asta e bine!

— Clyde... Te rog, du-mă acasă la Phoebe! Simt nevoia să vorbesc cu ea, l-a rugat Alma.

A văzut însă că el s-a întunecat la față, venindu-i greu să vorbească.

— Mă tem că nu e posibil! Phoebe nu mai e, iubito..., i-a zis el, privind-o cu tristețe, știind că vestea o va întrista.

— Ce?! Ce s-a întâmplat? Cum? Ce-o să mă fac, Clyde? l-a întrebat ea, după care a dat frâu liber lacrimilor pe care nu le mai putea opri, plângând de-a binelea.

Clyde nu i-a răspuns. A oprit motorul mașinii, după care a coborât, a deschis ușa de pe partea ei, a luat-o în brațe și a dus-o în apartamentul lui. Tânjea după ea într-un mod atât de frumos și de uman, în același timp, încât avea impresia că ar ține-o în brațe pentru totdeauna. Era însă conștient de faptul că trebuia să-i acorde timp.

După ce au ajuns în apartament, Clyde a lăsat-o ușor din brațe, însă a ținut-o strâns lipită de el, în timp ce a ascultat-o cum plângea.

— Dacă asta te ajută, plângi, iubito! Eu sunt aici, lângă tine, și nu plec nicăieri, i-a spus el, mângâindu-i spatele, gest care a făcut-o să tresară și să se desprindă de el.

— Clyde... Îmi pare rău și îți mulțumesc, dar nu pot să rămân aici! Sunt atâtea lucruri la care mă gândesc acum. Nu știu ce să fac!

— Nu spune asta, Alma! Locul tău e aici, lângă mine! Mi-a fost atât de dor de tine! Îți spun din nou că îmi pare rău că te-am supărat, dar... Asta e! Nu pot să schimb ce a fost.

— Ce s-a întâmplat cu Phoebe? l-a întrebat ea, năucită de veste.

Nu mai putea să gândească clar. Totul era confuz în mintea ei. Trecuse prin prea multe în ultimele zile.

— Am găsit-o nemișcată în patul ei, a doua zi când m-am dus să o întreb dacă știe ceva despre tine. A murit în somn, liniștită. Măcar ideea asta să te consoleze puțin.

— Nu pot să cred! E pur și simplu incredibil! A fost o femeie atât de bună! i-a spus ea printre lacrimile care i se scurgeau pe obraji.

— Așa e! Phoebe a fost o femeie specială! a aprobat-o el, luând-o de mână.

— Clyde! i-a zis ea, privindu-l cu tristețe.

— Oricât de mult mi-aș dori să continuăm discuția, trebuie neapărat să facem ceva...

— Ce? l-a întrebat ea, retrăgându-și mâna din mâna lui.

— Trebuie să ne schimbăm hainele, altfel vom răci. Hainele tale sunt tot în camera ta. Nu vreau să pleci, iubito! Rămâi! Măcar în noaptea asta! Ești în siguranță aici, știi asta, nu-i așa? i-a zis Clyde, încrucișându-și brațele, deși îi venea să o strângă la piept.

Încet, s-a gândit el. Trebuia să o ia încet, altfel risca să o piardă pentru totdeauna și nu-și dorea asta.

— Bine, dar... Nu vreau să ai niciun fel de așteptări de la mine. Înțelegi ce vreau să spun! i-a spus ea, roșind.

Și-a trecut apoi mâinile peste chip, ștergându-și în grabă lacrimile.

— Nu am! Camera ta e tot acolo! i-a zis el, după care a plecat în camera lui și a închis ușa.

Clyde și-a trecut mâna prin păr, apoi peste chipul obosit. Tensiunea interioară pe care o simțea în preajma ei îl dobora. O iubea și o dorea cu o intensitate uimitoare. Nu-și amintea să mai fi iubit astfel o altă femeie, până la ea.

Și-a schimbat hainele, după care s-a dus în sufragerie. Ardea de nerăbdare să o vadă din nou. A auzit apa de la baie curgând și și-a dat seama că ea e acolo. A închis ochii, dorindu-și să fie lângă ea, să facă dragoste cu ea, chiar atunci, chiar acolo. Tânjea după ea, după corpul ei frumos, după sărutările și îmbrățișările ei. A deschis ochii, încercând să scape de fierbințeala care i-a cuprins corpul.

Tocmai atunci, ea a ieșit de la baie, îmbrăcată într-o pijama care îi ascundea trupul și formele apetisante. Și-a intersectat privirea cu a lui, iar în acea clipă a simțit cât de mult o dorea. Inima a început să-i bată mai repede, drept răspuns la ceea ce el îi transmitea doar privind-o.

Clyde s-a ridicat de pe canapea.

— Ai vrea să mănânci ceva? a întrebat-o el delicat, de parcă ar fi vrut să-i citească gândurile.

— Nu cred că pot! i-a răspuns ea, neputând să se miște din loc.

— Haide, doar puțin! Nu e bine să stai flămândă. Vino cu mine! i-a zis Clyde, după care a luat-o ușor de mână și a dus-o în bucătărie, acolo unde i-a făcut semn să ia loc.

Alma a privit spre farfuria cu mâncare. Deși arăta atât de bine, parcă nu mai avea poftă de mâncare. La insistențele lui Clyde, a mâncat, totuși, în tăcere, atent supravegheată, lăsând farfuria goală, la final. Ea i-a mulțumit, după care s-a ridicat de la masă și a vrut să spele farfuria, însă Clyde a oprit-o.

A ajutat-o să se așeze la loc pe scaun, după care a spălat farfuria.

— E timpul să mergi la culcare! i-a spus Clyde, privind-o cu o tandrețe care o înduioșa.

— Mulțumesc! Noapte bună, Clyde!

— Noapte bună, iubito!

— Clyde... Te rog, nu mai spune asta! Nu mai sunt... Noi doi nu mai suntem împreună!

— Nu sunt de acord cu tine, iubito, dar vom discuta despre asta altă dată. Noapte bună! i-a spus el, sărutând-o pe obraz, după care a plecat în camera lui, până nu era prea târziu; până nu o lua în brațe și îi arăta cât de mult se înșela în privința lor.

Alma l-a privit surprinsă, după care s-a dus în camera ei, camera care arăta exact la fel ca în ziua în care a plecat. Amintirile au cuprins-o din nou. A trăit atâtea lucruri frumoase alături de Clyde, s-a gândit ea, în timp ce s-a întins în pat. Avea nevoie de timp pentru ea și de liniște, ca să-și poată relua viața din momentul în care s-a despărțit de el. Și totuși, văzându-l din nou, a retrăit tot ceea ce i-a legat, toate momentele dintre ei, clipele frumoase și magice în care s-a simțit iubită și adorată, dar și ziua în care a aflat adevărul despre Clyde.

Alma a ajuns la concluzia că viața ei era precum un carusel. Acum era la înălțime și se bucura de priveliște, pentru ca în secunda următoare să cadă în gol, în cel mai întunecat abis.

A adormit cu greu, decisă fiind să-și adune forțele și să meargă înainte, orice i s-ar întâmpla. Nu avea altă alternativă, viața trebuia să continue, iar ea trebuia să înfrunte ceea ce destinul avea pregătit să îi ofere.

Capitolul 15

În ziua următoare, Alma a fost trezită de o bătaie ușoară în ușă.

— Alma, pot să intru?

— Da! i-a zis ea, după care s-a ridicat puțin și și-a sprijinit spatele de pernă.

Clyde a intrat în cameră și i-a pus o măsuță cu micul dejun în pat.

— Clyde! Nu trebuia să faci asta! i-a zis ea, privindu-l surprinsă cum s-a așezat pe marginea patului, aproape de ea.

— Ba da, trebuie! Poftă bună, Alma! i-a spus el, zâmbindu-i în felul acela fermecător.

Abia se stăpânea să nu o îmbrățișeze și să nu o sărute. Ardea de nerăbdare să o simtă, însă înainte de asta știa că trebuie să-i vindece inima, mult prea bântuită de tot felul de frământări interioare groaznice.

Alma l-a privit emoționată. Oare Clyde va avea mereu efectul acela asupra ei? Cum putea să o facă să se simtă ușor nervoasă în preajma lui, să simtă că inima o ia razna numai când o privește? De ce, în ciuda a orice altceva, îi venea să-l îmbrățișeze și să se adăpostească la pieptul lui?

— Mulțumesc, dar nu vreau să te deranjezi pentru mine!

— Eu vreau! Mănâncă! Avem multe lucruri de vorbit! i-a zis el, privind-o cu drag.

Aceasta a început să mănânce, sub privirile insistente ale lui Clyde. Între timp s-a auzit soneria de la ușă.

— Stai aici liniștită! Vin imediat! i-a spus el, după care s-a dus să deschidă.

— Oh, Clyde, să nu te superi că am venit așa, neanunțată, dar nu am mai rezistat. Trebuia să vin să o văd! i-a spus Xenia, nerăbdătoare.

Clyde a zâmbit, dar nu a mai reușit să spună nimic, fiindcă Xenia a și pornit spre camera Almei.

— Alma, draga mea! Cum ești? Oh, am fost atât de îngrijorați pentru tine! i-a zis Xenia, după care a îmbrățișat-o cu o căldură care a ajuns până la inima Almei.

— Xenia! Sunt bine, mulțumesc! Cât se poate de bine..., i-a răspuns Alma, fericită să o revadă.

Xenia s-a așezat apoi pe marginea patului, luându-i locul lui Clyde, care s-a așezat lângă sora lui.

— Oh! Dacă ai ști cât de îngrijorați am fost pentru tine! Mai ales Clyde, desigur.

— Oh... Eu...

— Xenia! a atenționat-o Clyde, privind-o încruntat.

— Nu tac, chiar dacă te uiți urât la mine. Nu mă sperii, dragă frate! Ea trebuie să știe! Alma, draga mea, Clyde a fost înnebunit când nu a mai dat de tine.

Ba chiar a angajat un detectiv particular, numai să te găsească. Ce bine că a reuşit! Mă bucur că eşti din nou aici!

— Xenia! a ridicat Clyde tonul.

— Nu, dragule! De data asta nu mai tac. Din cauza lipsei de comunicare, aţi ajuns unde aţi ajuns, adică să vă despărţiţi. Eu una nu am mai văzut oameni care să se iubească atât de frumos precum voi doi. Ştiu că poate e cam brusc şi nu e frumos să intervin unde nu e treaba mea, însă de data asta vă voi spune tot ce am de spus, fie că vă convine, fie că nu. Cât despre mine, eu una te apreciez foarte mult, Alma, pentru ceea ce eşti şi fiindcă i-ai luminat viaţa fratelui meu încăpăţânat. Eşti o fată super de treabă şi eşti tot ce-i trebuie lui Clyde, crede-mă. Sper din toată inima să vă împăcaţi, să vă vedeţi liniştiţi de viaţă şi să vă iubiţi.

Alma a privit-o şi a început să plângă, deşi a încercat să se abţină. Era prea mult pentru ea. Simţea o emoţie pe care nu o mai putea controla.

— Xenia, vezi ce ai făcut? Uite, plânge acum! i-a spus Clyde, privind-o autoritar.

A vrut să se ridice şi să o îmbrăţişeze pe Alma, însă Xenia i-a luat-o înainte.

— Oh, mai taci, Clyde! i-a zis Xenia, îmbrăţişând-o pe Alma. Plânge fiindcă ştie că am dreptate.

— Sunt bine, nu o certa! Am doar nevoie să fiu singură, i-a cerut Alma lui Clyde.

— Bine, dar să știi că mai vin să te văd! i-a promis Xenia.

— Bine, mulțumesc!

Xenia l-a sărutat apoi pe Clyde pe obraz, după care l-a luat de mână și l-a tras după ea în sufragerie.

— Ce e? a întrebat-o el, nemulțumit fiindcă l-a luat de lângă iubita lui.

— N-ai auzit? Vrea să fie puțin singură. Las-o să respire!

— Xenia, îți promit că într-o zi o să...

— Da, da, cunosc eu amenințările tale. Sunt obișnuită cu ele. Și eu te iubesc, frățioare!

— Mda, și eu te iubesc! i-a zis el, fixând-o cu o privire dură.

— Știu că te vei duce la ea imediat ce voi pleca, însă ai grijă să faci lucrurile cum trebuie de data asta. Ai înțeles?

— Crede-mă, Xenia, asta e tot ceea ce vreau și eu! Acum du-te, poate ai treabă pe undeva...

— Chiar am! Mă văd cu Chris. Pa, frățioare! i-a zis ea zâmbind.

— Foarte bine! Să facă bine să aibă grijă de tine, că de nu...

— Da, știu! Te vei transforma în fratele cel mare și rău.

— Vezi că știi? Pa, Xenia! i-a zis el, deschizând ușa și sărutându-și sora.

A văzut-o apoi pe Alma, care s-a dus la bucătărie pentru a duce măsuța și a spăla farfuria. A urmat-o, fiindcă voia să o știe aproape de el, chiar și în aceste condiții.

— Trebuie să vorbim, Alma! Se poate? a întrebat-o el, după care s-a așezat pe un scaun.

— Cred că da! Deși mi-e atât de greu să fac asta.

— Știu, dar trebuie! În primul rând, vreau să-ți spun că ceea ce ți-a spus Xenia e adevărat. Am încercat din greu să dau de tine. Când am văzut că nu reușesc, am angajat un detectiv particular ca să te găsesc. Așa te-am găsit, chiar în ziua nunții. Am vorbit cu prietenii mei să mă ajute, iar restul îl știi deja.

— Îți sunt recunoscătoare fiindcă m-ai scos de acolo! Sunt curioasă, ce le-ai promis prietenilor tăi ca să te ajute?

— La un moment dat vom ajunge și la asta. Acum avem alte lucruri, mult mai importante de discutat.

— Dacă zici tu! Te ascult! i-a spus ea, așezându-se pe scaun.

Faptul că îl simțea atât de aproape de ea o intimida, dar în felul acela plăcut. Îi tremura tot corpul de emoție, numai simțind că o privește în modul acela special.

— Asta e pentru tine! i-a zis el și i-a întins o hârtie.

— Ce e? l-a întrebat ea curioasă.

— Citește-l! E actul prin care Phoebe te face moștenitoarea tuturor bunurilor ei, inclusiv a casei, dar și a florăriei.

— Cum?! l-a întrebat ea surprinsă, luând actul în mână.

— Așa cum ai auzit! Acum ai mult mai mult decât ai avut înainte, mă refer din punct de vedere material.

— Asta e... Neașteptat! Nu știu ce să fac! Sunt atâtea lucruri care s-au întâmplat în ultima vreme încât nu știu cum să reacționez la ele.

— Vei găsi o cale, Alma! Întotdeauna ai făcut-o! Eu zic să te bucuri, e o veste bună, după agitația din ultimele zile.

— Înțeleg ce spui, dar... Mi-e dor de Phoebe! Mereu s-a purtat frumos cu mine...

— Da, știu!

— Clyde...

— Da?

— Aș vrea să merg la mormântul ei și apoi acasă la ea. Mi-ar plăcea să revăd locul unde am atâtea amintiri frumoase.

— Bine! Când vrei să mergi, îmi spui și te duc. Vreau totuși să te întreb ceva.

— Ce?

— Dar aici? Ai amintiri frumoase și aici, nu-i așa? a întrebat el, luând-o de mână.

— Știi bine că da, Clyde! Nu voi nega asta, i-a răspuns ea, pierzându-se în profunzimea privirii lui calde.

— Mă bucur! La un moment dat vom vorbi și despre noi, însă momentan știu că ai alte lucruri de rezolvat.

— Da, am! Crezi că putem să mergem acum?

— Da!

— Bine! Vin imediat, i-a spus ea, după care s-a dus să-și ia alte haine, căci era îmbrăcată în pijamale.

După ce a ajuns în cameră, a început să se schimbe. Nu a reușit decât să-și dea bluza jos și să rămână în maiou, căci ușa s-a deschis încet, iar Clyde a intrat în cameră.

S-a întors repede spre ușă, căci stătea cu spatele la ea, încercând să se acopere cu o bluză, cu orice. Era însă prea târziu, căci privirea dureroasă a lui Clyde îi dădea de înțeles că a văzut-o. Deși era un bărbat puternic, Alma i-a zărit lacrimile din ochi. Imaginea a făcut-o și pe ea să lăcrimeze. Probabil, acum o considera detestabilă. S-a mustrat în gând fiindcă nu a avut inspirația să încuie ușa. L-a văzut pe Clyde apropiindu-se de ea și îmbrățișând-o cu grijă, de parcă ar fi fost un bibelou fragil.

— Ce e asta, iubito? Ce ți-au făcut? a întrebat-o el, cu glasul stins de durere.

Alma și-a plecat chipul spre podea. Nu avea curaj să-l privească. L-a împins ușor de lângă ea. Ar fi vrut să se ascundă de el, să meargă departe, la capătul lumii. Nu voia să vorbească, o durea prea mult. Mai ales sufletul...

— Ieşi! Pleacă chiar acum! i-a cerut ea, privindu-l cu duritate. De ce ai intrat aici?!

— Îmi pare rău, eu am vrut doar să... Nici nu mai contează acum.

— Ba da, contează! Nu aveai ce să cauţi aici! i-a spus ea şi s-a dus spre el, încercând să-l dea afară din cameră.

Din nou, vedea milă în privirea lui. Şi poate mai era ceva...

Clyde s-a opus. A luat-o din nou în braţe şi nu a lăsat-o să-l dea afară. A început să o sărute pe obraz şi apoi pe buzele uscate. I-a fost atât de dor de gustul ei dulce.

— Clyde... Te rog... Pleacă! Nu pot să fac asta! Nu mai vreau să trec prin asta! Nu vreau să mă gândesc că ai putea ajunge să mă deteşti, aşa cum o fac eu.

— Nu plec, iubito! Nu te mai las să mă alungi din viaţa ta. Vorbeşte cu mine, iubito! Lasă-mă să te ajut, aşa cum pot şi cum ştiu, dar dă-mi voie să fiu lângă tine. Te iubesc, Alma! i-a spus el, strângând-o mai tare în braţe, simţind cum îi bate inima.

Şi lui îi bătea. Pentru ea. Pentru ei doi. *Pentru totdeauna...*

Alma s-a zbătut câteva clipe în braţele lui, după care a cedat. Nu putea să reziste. Să-i mai reziste. A început să plângă în hohote, timp în care el a mângâiat-o și a ținut-o lângă pieptul lui.

— Cine ți-a făcut asta și de ce? Și cum? a întrebat-o el pe un ton blând, dar ferm.

— Clyde... Te rog... Nu vreau să vorbesc despre asta! Mă doare prea mult!

— Tocmai de asta trebuie să o faci, iubito! Pentru ca rănile tale fizice și sufletești să se vindece. Eu vreau să te ajut, dar trebuie să mă lași și tu.

— Nu înțelegi, Clyde? Nu mai sunt frumoasă și nu mai sunt destul de bună pentru tine. Du-mă acasă la Phoebe și lasă-mă acolo, singură! Simt nevoia să fiu singură!

— Nu mai ești singură, iubito! Cât timp ești cu mine, nu vei fi niciodată singură. Și pentru mine ești cea mai frumoasă! Mă auzi, Alma? Pentru mine ești cea mai frumoasă femeie din lume. Și singura pe care o vreau! i-a spus el, împletindu-și degetele cu ale ei.

— Oh, Clyde! Totul e atât de simplu pentru tine.

— Așa ar trebui să fie și pentru tine, pentru noi. Nu trebuie să complicăm lucrurile, i-a zis Clyde, după care a întors-o cu spatele la el și i-a ridicat maioul.

A început să-i sărute spatele, alinându-i durerea și rănile, în ciuda faptului că ei îi era greu să-l lase să facă asta. Nu putea să creadă ce făcea el. În loc să se îndepărteze de ea, el o îmbrățișa și o săruta, ca și cum spatele ei nu ar fi fost plin de răni, de lovituri.

Cu greu, a găsit puterea să-i vorbească, în timp ce el și-a dat tricoul jos și a lipit-o cu spatele de pieptul lui. Nu știa cum era posibil, dar pielea lui, sărutările și iubirea lui erau cel mai bun remediu pentru ea.

— Asta e pedeapsa pe care am primit-o pentru faptul că nu m-am supus voinței părinților mei și, mai mult decât atât, pentru că m-am îndrăgostit de tine. Am fost marcată deoarece m-am dăruit ție! i-a explicat Alma cu ultimele frânturi de voce, în timp ce ochii i se înecau în lacrimi.

— Cum?! Nu pot să cred că ai tăi au fost capabili de o astfel de barbarie.

— Din păcate, au fost! Pe lângă faptul că tatăl meu m-a lovit cu biciul, timp de șase zile, au vrut să mă dea de soție lui Luke, drept răsplată fiindcă el m-a dus acasă, fără ca eu să știu. Mi-a spus că îmi face o surpriză și mi-a făcut. Din păcate, a fost cea mai urâtă surpriză a vieții mele...

Clyde a întors-o spre el dintr-odată, pe neașteptate, dar cu blândețe. A privit-o, neputându-și imagina așa ceva. Era de neconceput pentru el ca o femeie să fie tratată așa, în modul acela dezgustător, cu atâta violență. Îi venea să-i distrugă pe cei care i-au provocat lacrimi de suferință iubitei lui.

— În clipa asta te îmbraci și mergem la spital! Nu poți să rămâi așa! Trebuie să fii îngrijită corespunzător! Și, deși îmi vine să-i omor cu mâna mea pe ticăloșii care ți-au făcut asta, după ce ieși din spital vom merge la poliție. Gunoaiele alea trebuie să înfunde pușcăria!

— Dar...

— Niciun dar! În două minute să fii gata! Dacă nu, intru din nou peste tine, ai înțeles?

Alma nu a mai reușit să spună nimic, căci Clyde a ieșit din cameră. Era furios la culme, și pe bună dreptate. Îl înțelegea, dar nu ar fi vrut să dea ochii cu nimeni. Nu voia să meargă la spital, nici la poliție. Nu voia priviri întrebătoare și acuzatoare din partea nimănui. Îi era de ajuns cât a suferit.

Cu toate acestea, a fost gata foarte repede, căci el a bătut aproape imediat la ușă. A intrat în cameră, a îmbrățișat-o și i-a sărutat buzele de această dată, după care a luat-o de mână și s-au dus la mașină, iar apoi la spital.

Odată ajunși acolo, o doctoriță a preluat-o pe Alma. Au mers împreună în cabinetul ei, acolo unde a fost consultată, i s-a dat un diagnostic și a fost trimisă în salon, pentru câteva zile de recuperare. Iar Clyde a fost alături de ea, în tot acest timp. Era normal să fie așa! Clyde a cerut ca ea să fie singură în salon. Știa că avea nevoie să fie singură și liniștită. El nu avea nevoie decât de un scaun lângă patul ei, ca să-i fie aproape.

— Clyde, mulțumesc! Mă bucur că ești aici, dar poți să mergi acasă, dacă vrei! Nu te vei putea odihni dacă rămâi aici.

— Nu-ți face griji pentru asta, Alma! Tu să te faci bine, ai auzit? i-a zis el, lăsând să-i scape un zâmbet, pentru a o încuraja.

— Nu știu cum și când, dar voi fi bine din nou. Îți promit! Iar asta datorită ție, Clyde! Mulțumesc!

— Așa vreau să te văd, iubito! Nu vreau să-mi mulțumești, ci să mă iubești! Hai, spune-o! Știu că simți la fel ca mine, i-a zis el.

A privit-o cu drag și i-a luat mâna în mâna lui.

— Eu...

— Știu că ai fost supărată pe mine, dar nu știu cum să mă mai scuz față de tine. Nu am fost întru totul cinstit față de tine, însă ceea ce simțim unul pentru altul nu poate să dispară așa, de pe o zi pe alta. Tu ești a mea, eu sunt al tău și asta îmi e de ajuns! Nu vreau decât să te iubesc! i-a spus el și s-a strecurat în pat lângă ea.

Alma l-a privit cu emoție și a început să lăcrimeze din nou, spre disperarea ei. Asta era, nu mai putea să se ascundă.

— Te iubesc, Clyde! Mi-a fost atât de dor de tine! Nimeni nu e perfect, nici măcar eu, dar știu că nu mai vreau să stau departe de tine. Am atât de multă nevoie de tine! Să nu mă lași singură, bine? i-a zis ea, adăpostindu-se la pieptul lui, într-o îmbrățișare eliberatoare și vindecătoare.

— Nici să vrei nu te mai las singură, iubito! i-a promis el, după care i-a sărutat buzele, cu toată dragostea de care era în stare.

Astfel, Alma a adormit în brațele lui Clyde, acolo unde simțea că e locul ei.

După câteva zile...

După trei zile de spitalizare, zile în care atât Xenia, cât și Clyde, au fost alături de Alma, mai ales atunci când a dat o declarație detectivei care a venit să o vadă, aceasta a fost externată.

Primul lucru pe care l-a făcut a fost să meargă, însoțită de Clyde, la mormântul lui Phoebe, să-i ducă niște flori frumoase, așa cum știa că i-ar fi plăcut. Și-a acordat câteva minute de reculegere, pentru a omagia o persoană care i-a fost alături în unele dintre cele mai grele momente, atunci când a avut nevoie de o mână de ajutor, de încredere și de speranță.

Apoi au plecat împreună spre casa lui Phoebe, care a devenit a ei, la fel ca și florăria. Când au ajuns acolo, Alma și Clyde s-au îngrijit să ude florile, care aveau nevoie de atât de multă atenție, exact ca oamenii.

— Oh, Clyde, îmi place atât de mult locul ăsta! E atât de multă liniște și pace aici. E ca și cum aș putea să simt prezența lui Phoebe aici, printre florile ei dragi.

— Da, e frumos aici! Şi mie mi-a plăcut, de fiecare dată când am trecut pe aici. A mai trecut Xenia pe aici zilele astea, ca să aibă grijă de flori.

— Mă bucur...

— Bine, acum că am făcut și asta, ce ai spune să mergem acasă să mâncăm? Nu știu ție, dar mie mi-e o foame de lup, i-a spus el, după care a îmbrățișat-o și a sărutat-o.

Nu se mai sătura să o strângă în brațe și să o simtă lângă el. Ar fi ținut-o în brațele lui *pentru totdeauna...*

Așa că au plecat spre casă, au mâncat, au vorbit și au petrecut o seară plăcută împreună. Mai târziu, când Alma s-a întins în pat, Clyde a venit în cameră și s-a strecurat lângă ea.

— Clyde! Ce faci aici? l-a întrebat ea zâmbind.

— Vreau doar să te țin în brațe, iubito! i-a răspuns el, cuprinzând-o în brațe.

A sărutat-o apoi pe frunte, după care i-a cuprins buzele într-un sărut dulce, blând, dar răscolitor.

— Noapte bună, iubito! Te iubesc! i-a zis el zâmbind.

— Şi eu te iubesc, Clyde! Noapte bună și ție, iubitule! i-a răspuns ea, la fel de zâmbitoare, cuibărindu-se mai bine la pieptul lui.

Se simțea mult mai liniștită știind că el o iubește cu adevărat, că are un sprijin lângă ea. Părea că destinul s-a mai îmblânzit și fericirea s-a reîntors în viața ei. Lucrurile păreau, în sfârșit, să meargă în direcția dorită de amândoi.

Capitolul 16

După micul dejun, Clyde s-a așezat pe canapea, lângă Alma, și a îmbrățișat-o.

— Am o idee, iubito, dar vreau să știu cum ți se pare.

— La ce te gândești? l-a întrebat ea, lipindu-se mai mult de pieptul lui.

Nu ar mai fi plecat de lângă el, pentru nimic în lume.

— Cunosc pe cineva, aici în apropiere, care își vinde restaurantul. Eu am văzut locul și mi se pare foarte bun, iar vadul comercial e favorabil, fiindcă zilnic trec prin zonă o mulțime de turiști, dar sunt și localnici care îl frecventează. Ai vrea să mergem să-l vedem?

Alma l-a privit, încântată de idee. Privirea îi sclipea de emoție și de bucurie.

— Da, sigur că mi-aș dori! Putem să mergem acum?

— Da, sigur! Hai să mergem. Nu avem nimic de pierdut, i-a spus el zâmbind, după care s-au ridicat de pe canapea, și-au luat gecile și au plecat.

Au mers cu mașina vreo câteva minute. Pe drum au vorbit numai despre ceea ce urmau să facă și despre planurile lor de viitor.

— Alma, vreau să îți propun ceva!

— Da?

— Dacă te decizi că vrei restaurantul, mi-aș dori să fiu asociatul tău, să îl administrăm împreună. Desigur, voi achita jumătate din sumă, pentru ca lucrurile să fie corecte. Ce părere ai?

— Sunt de acord, dar... Un bucătar atât de bun ca tine vrea să lucreze cu o începătoare ca mine? Recunosc că sunt surprinsă, dar foarte fericită.

— Bineînțeles că vreau! De fapt, de abia aștept să te învăț niște trucuri. Deci vrei?

— Da! Și mă bucur foarte mult că vom face asta împreună. Mi se pare minunat! i-a spus ea încântată.

Au continuat să vorbească până au ajuns la restaurant.

— Ce norocoși suntem fiindcă aici, în Malta, toamna e mult mai blândă decât în alte țări, i-a spus Alma lui Clyde, încântată de vremea de afară.

— Da, așa e! i-a spus Clyde zâmbind.

A luat-o apoi de mână, a sărutat-o și au intrat în restaurant. Localul era gol, pentru că nu erau clienți la ora aceea. Proprietarul restaurantului era așezat la o masă și citea ziarul.

— Bună ziua! Am venit să vedem restaurantul, i-a spus Clyde zâmbind.

— Bună ziua! a zis și Alma.

— Bună ziua! le-a răspuns proprietarul.

S-a ridicat de pe scaun și a dat mâna cu Clyde.

Le-a arătat apoi restaurantul și le-a spus cele mai importante lucruri despre el. Alma și Clyde au ascultat cu entuziasm tot ceea ce li s-a spus și au privit cu drag în jurul lor. Apoi au discutat despre prețul de vânzare. Alma a fost de acord cu prețul cerut, iar Clyde a sunat un notar, pentru a stabili o întâlnire.

Într-o jumătate de oră, cei doi și proprietarul au ajuns la notar, pentru a semna actele, iar o oră mai târziu, Alma și Clyde erau din nou acasă, savurând victoria dulce din ziua aceea.

Erau foarte fericiți. Începând cu ziua următoare, puteau să meargă să amenajeze localul așa cum își doreau.

— Cum te simți, iubito? a întrebat-o el zâmbind, în timp ce o ținea în brațe, pe canapeaua din sufragerie.

— Minunat, iubitule! Sunt tot mai bine. Nu am cum să fiu altfel, având în vedere că am reușit ceea ce mi-am propus de atâta timp.

— Mă bucur foarte mult pentru tine, pentru noi doi...

— Știi, Clyde, am o curiozitate!

— Spune-mi! i-a zis el, mângâindu-i chipul.

— Cum de ai ales să fii și bucătar și șofer de taxi în același timp? Cum le împaci pe amândouă?

— Ei bine, sunt șofer de taxi doar două ore pe zi, iar în restul timpului sunt bucătar. Îmi place să plimb oamenii prin orașul ăsta frumos, e chiar relaxant pentru mine. Dar planurile mele s-au schimbat, fiindcă vreau să mă dedic în întregime restaurantului nostru.

— Mă bucur să aflu asta, numai să fii fericit...

— Chiar sunt și vreau să fim amândoi fericiți, i-a spus el, după care a sărutat-o cu o pasiune nestăvilită.

Alma a simțit, chiar și prin haine, atingerea fierbinte a lui Clyde, care nu se mai sătura să o sărute și să o mângâie. Mâinile lui reușeau să-i atingă corpul într-un mod atât de ispititor încât nu putea decât să se lase în voia lui și să-l urmeze pe drumul plăcerii absolute.

În scurt timp, au rămas goi unul în fața celuilalt și au profitat de ocazie pentru a se relaxa în cel mai frumos mod cu putință...

Sărutările fierbinți ale lui Clyde lăsau urme pe pielea catifelată a Almei, dar în special în inima ei, fiindcă ceea ce îi făcea el cu buzele și cu mâinile depășea granițele trupescului, atingându-i inima.

Amândoi aveau nevoie unul de altul, în toate modurile posibile, și își erau leac unul pentru celălalt. Fiecare vedea în celălalt ceea ce își dorea cu adevărat și ceea ce iubea mai mult în lume.

Și-ar fi dorit să rămână astfel *pentru totdeauna*: îndrăgostiți și fericiți. Mult mai târziu, au adormit îmbrățișați și fericiți, mulțumind destinului pentru faptul că i-a readus împreună.

În ziua următoare, Alma și Clyde s-au dus la restaurant, alături de Xenia și de Chris, care au fost foarte bucuroși de veste și dornici să-i ajute. Au studiat și mai bine localul, după care au început să amenajeze totul, după gustul lor.

Restaurantul avea o capacitate de o sută de persoane. După ce au finalizat amenajările, Alma a pus în geam un anunț de angajare, căutând persoane dornice să-i ajute.

Iar după ce au terminat de făcut curățenia și alte retușuri necesare, cei patru tineri s-au așezat la masă.

— Abia aștept ziua deschiderii! le-a spus Alma obosită, dar fericită, sorbind din limonada răcoritoare.

— Și eu! a zis Clyde, mai zâmbitor ca oricând.

A luat-o pe Alma de mână și i-a sărutat-o, sub privirile admirative ale celuilalt cuplu.

— Și noi! a adăugat Xenia, fericită pentru amândoi.

— Desigur, voi doi veți fi mereu oaspeți de seamă ai acestui restaurant. Veți mânca gratuit aici, le-a spus Alma zâmbind.

— Mulțumim frumos! a spus Chris zâmbind.

— Cu drag! Noi vă mulțumim pentru tot ajutorul și fiindcă sunteți alături de noi, le-a zis Alma cu recunoștință.

— V-ați gândit la un nume pentru restaurant? i-a întrebat Xenia.

— Încă nu, dar sunt sigură că vom găsi unul, de comun acord, i-a răspuns Clyde.

Mai târziu, după ce Xenia și Chris au plecat, Alma și Clyde au admirat rezultatul muncii lor. Totul arăta minunat. Flori erau puse la fiecare masă, pe pereți tablouri frumoase, reprezentând obiective turistice din

Malta, iar totul în jurul lor strălucea de curățenie, într-o lumină discretă și o ambianță perfectă. Începând de la gresia de culoare deschisă și continuând cu mesele rotunde, acoperite cu fețe de masă albe, pe care erau așezate câte o floare și o lumânare, totul denota bun gust și eleganță. Pe tavan trona o aplică mare care lumina întregul restaurant, iar din loc în loc erau spoturi rotunde, pentru un plus de lumină. Un perete întreg era făcut numai din geamuri mari de termopan, asigurând o priveliște minunată spre Marea Mediterană, cea care reprezenta un fel de scut protector pentru această țară superbă.

— Am reușit, Clyde! Sunt atât de fericită!

— Așa e, iubito! Am reușit împreună! i-a spus el, după care și-a apropiat chipul de al ei și a sărutat-o flămând.

Simțea nevoia să o sărute, să o îmbrățișeze și să o simtă a lui, din nou... S-a ridicat apoi de pe scaun și a luat-o în brațe, sărutând-o minute bune. Mai târziu, după ce au ajuns acasă, au continuat, plini de pasiune, ceea ce au început. Au făcut dragoste, lăsând la o parte temerile și îndoielile, prejudecățile și umbrele trecutului. S-au bucurat numai de ceea ce și-au oferit unul celuilalt: dragoste, respect, comunicând prin intermediul mângâierilor și al sărutărilor fierbinți, fiindcă ei reprezentau ingredientele perfecte pentru cel mai frumos preparat: iubirea.

Mult mai târziu, atunci când au atins împreună culmile extazului, Alma și Clyde au format o singură ființă, dragostea fiind singura regulă de bază care conta, care îi domina. Amândoi conștientizau faptul că timpul și dragostea vindecă toate rănile, atât pe cele fizice, cât și pe cele sufletești.

În dimineața aceea, Alma și Clyde erau mai emoționați ca oricând. Era ziua deschiderii restaurantului lor. După ce au verificat, împreună cu ceilalți trei angajați ai lor, ca totul să fie perfect, au lăsat ușa deschisă, pentru ca cei care doreau să poată intra, pentru a degusta gratuit meniul acelei zile.

Cei doi iubiți au ieșit în stradă, iar Clyde a profitat de ocazie pentru a o îmbrățișa și a o săruta. Și-au privit apoi fericiți sigla restaurantului, care conținea numele lor. Au intrat apoi și s-au așezat la o masă, așteptându-i pe Xenia și pe Chris, dar și pe cei care doreau să deguste meniul. Nu mai puteau face față emoției, așteptându-și primul client, privindu-se emoționați și tulburați.

Nu după mult timp, și-au făcut apariția Xenia și Chris. După ce s-au salutat și s-au îmbrățișat, au așteptat și ei clienții, alături de Alma și de Clyde.

— Bine ați venit! Ne bucurăm că sunteți aici, alături de noi! le-a spus Alma zâmbind.

— Mulțumim frumos! Chiar credeați că veți scăpa de noi? Apropo, felicitări pentru felul în care arată totul. E minunat aici! Cred că tocmai am găsit restaurantul nostru favorit, a zis Xenia, în timp ce l-a strâns de mână pe Chris.

Alma nu a mai reușit să spună nimic, fiindcă a rămas blocată, privind surprinsă spre intrare. Rând pe rând, oamenii intrau în restaurant și se așezau la mese, dornici să deguste meniul, dar și să admire peisajul natural și fermecător al mării, într-o ambianță rafinată.

Ea și Clyde s-au uitat unul la altul, timp de o clipă, fericiți și recunoscători fiindcă visul lor comun prindea viață chiar în acele momente. S-au dus apoi să le ureze bun venit clienților, preluând comenzile, alături de ceilalți angajați ai lor.

S-au dus apoi în bucătărie, iar primul lucru pe care l-au făcut a fost să se îmbrățișeze și să se sărute rapid, înainte de a le duce comanda clienților.

Apoi i-au văzut intrând în restaurant pe prietenii și pe colegii lui Clyde, taximetriști și bucătari, cu toții dornici să guste din preparatele despre care știau siguri că vor fi delicioase.

— Deci, ei sunt cei care te-au ajutat în ziua în care m-ai găsit. Să înțeleg că asta le-ai promis..., i-a spus Alma zâmbind.

— Nu e nimic mai convingător decât o mâncare bună! i-a răspuns el la fel de zâmbitor.

Laudele venite din partea oamenilor nu mai conteneau, iar acest lucru reprezenta o satisfacție uriașă pentru ei. Finalul zilei i-a prins pe toți fericiți de ceea ce au reușit să facă, atât pentru oameni, cât și pentru sufletul lor.

Ziua aceea a fost perfectă pentru ei, deși a fost una obositoare. Se simțeau atât de norocoși fiindcă, în sfârșit, aveau ocazia să-și trăiască visul cu ochii deschiși.

Seara, Alma și Clyde au ajuns acasă frânți de oboseală, dar foarte fericiți.

— Cum ți s-a părut prima zi, iubito? a întrebat-o Clyde pe Alma, în timp ce o ținea în brațe, în cadă.

Stăteau față în față, iar el se juca cu șuvițele de păr care îi veneau pe față și îi acopereau ochii.

— Minunată, iubitule! Mă bucur foarte mult fiindcă am reușit să facem ca visul nostru să devină realitate. Din păcate, nu toată lumea are șansa să trăiască acest lucru, i-a spus Alma privindu-l în ochi, în timp ce îi mângâia pieptul puternic.

— Și eu simt același lucru. E atât de bine să fim împreună peste tot, atât acasă, cât și la muncă. Și e atât de bine să te am! i-a mărturisit el, după care a sărutat-o și au făcut dragoste chiar acolo.

Târziu în noapte, cei doi s-au bucurat din nou unul de altul, dar în pat, în camera lor, de data asta. Nu se mai săturau unul de altul, de felul în care se simțeau când erau împreună în felul acela...

Epilog

În acea zi, Clyde era la bucătăria restaurantului, iar Alma se afla în sala de mese atunci când a văzut un cuplu mai în vârstă intrând emoționat pe ușa restaurantului. I-a privit pe cei doi cum s-au așezat la o masă mai retrasă, deși în acel moment nu mai erau clienți în restaurant, deoarece se apropia finalul programului. Alma s-a dus imediat să le preia comanda.

— Bună ziua! Doriți să vedeți un meniu? i-a întrebat ea zâmbind.

A avut un sentiment straniu încă de când i-a văzut intrând.

— Bună ziua! au salutat-o ei. Da, am vrea! a spus doamna.

Alma le-a dat meniul și a așteptat ca ei să ia o decizie. După ce le-a preluat comanda, s-a dus la bucătărie pentru a-l ajuta pe Clyde cu aceasta.

După ce a intrat în bucătărie, aceasta a profitat de ocazie și, pentru că erau doar ei doi acolo, l-a îmbrățișat, lăsându-și capul pe spatele lui.

Clyde s-a întors ușor spre ea și a îmbrățișat-o, apoi s-au sărutat rapid. Nu se puteau abține să nu-și fure câte un sărut, atunci când acest lucru era posibil.

— Hmm! Îmi place cum mă ții în brațe, dar avem o comandă. E pentru masa unu. Tocmai au venit doi clienți, cred că sunt un cuplu, i-a spus Alma zâmbind, admirându-și iubitul.

Clyde s-a desprins cu greu de ea și s-a uitat peste comandă.

— Bine, o voi termina imediat, dacă mă ajuți! i-a propus el, făcându-i cu ochiul.

— Nu pot să te refuz! i-a răspuns ea zâmbind, după care au început să gătească împreună.

— Ăsta e răspunsul meu preferat, iubito! i-a zis Clyde zâmbind.

Alma l-a privit cu drag. Părea mai misterios și mai fericit decât de obicei, însă, probabil, asta se datora faptului că erau din nou împreună.

Când au terminat de pregătit farfuriile, s-au dus să le servească. Alma l-a văzut pe Clyde punând farfuria pe masă și schimbându-se la față, moment în care bărbatul și femeia s-au ridicat de pe scaune.

— Bună, Clyde! i-au spus ei în același timp.

— Bună! Ce faceți aici? Parcă am stabilit altceva ultima dată când ne-am văzut, le-a spus el, privindu-i cu răceală. S-a întors apoi spre Alma, care îi privea surprinsă. Iubito, ei sunt părinții mei, iar ea e Alma, iubita mea.

Părinții lui și Alma au făcut cunoștință, cu o oarecare timiditate.

— Nu te lăsa influențată de modul în care se poartă acum. Nu au fost mereu așa!

— Clyde... Vă las singuri, a zis Alma, simțind că ei aveau de vorbit.

— Nu! Nu vreau să pleci, iubito! Dacă au ceva să-mi spună, să o facă de față cu tine, i-a spus el și a luat-o de mână.

— Clyde... Știu că am fost puțin cam duri cu tine..., i-a spus mama lui.

— Puțin?! Înseamnă că eu nu am fost acolo, fiindcă mie mi s-a părut cu totul altfel!

— Clyde! Cel puțin lasă-ne să vorbim! Ne datorezi măcar un minim de respect. Suntem totuși părinții tăi, i-a zis tatăl lui pe un ton ferm.

— Eu am o cu totul altă definiție a cuvântului părinți, dar în fine! Vorbiți!

— Știu că ești supărat pe noi, dar am venit azi aici fiindcă am vrut să vorbim cu tine. La insistențele noastre, Xenia ne-a spus unde putem să te găsim. Vrem să ne ierți, Clyde! Târziu, dar ne dorim acest lucru de la tine. Am înțeles, într-un final, că mai avem doi copii de care trebuie să ne preocupăm. Ne-am dat seama că am greșit, mai mult față de tine, dar și față de sora ta. Nu vrem să mai treacă niște ani fără să ne vedem sau să știm unii de alții. Dacă vrei, mai dă-ne o șansă! Nu ne așteptăm la mare lucru din partea ta, adică la vreun mare entuziasm... Nu vrem să te deranjăm, ci doar să mai vorbim uneori, când ai timp.

— Ăsta e marele vostru discurs? Mă așteptam la mai mult de la voi, după cât de tare m-ați rănit. Pe cât de mult m-ați făcut să sufăr ani întregi, pe atât de mult vreți acum să mă recuperați? M-ați acuzat fără niciun regret de moartea fratelui meu, după care m-ați șantajat. Mi-ați spus că, dacă nu voi fi de acord să preiau conducerea companiei voastre, mă veți dezmoșteni și îi veți lăsa toată averea surorii mele. Foarte bine! V-am spus încă de atunci că nu mă interesează niciun cent din banii voștri. Nu mi-ați arătat niciun sprijin atunci când v-am spus că îmi doresc să devin un maestru bucătar, ci ați vrut să-mi înfrângeți încrederea în mine, spunându-mi că aceasta nu este o meserie pentru cineva ca mine, care provine dintr-o familie respectabilă. În concluzie, nu am simțit deloc, niciodată, că aș avea părinți. Din partea mea, dacă sunteți interesați de soarta mea, nu aveți decât să o întrebați pe Xenia. Nu vă doresc răul, dar nici nu vă vreau aproape de mine. Nu am nevoie de astfel de oameni toxici în viața mea! le-a spus Clyde afectat, după care a plecat la bucătărie, lăsând-o pe Alma cu ei.

Mama lui Clyde a început să lăcrimeze, în timp ce tatăl lui a îmbrățișat-o.

— Noi vom pleca! Nu are rost să mai stăm pe aici! i-a spus tatăl lui Clyde.

— Îmi pare rău! Mă duc să văd cum se simte, le-a zis Alma, după care s-a dus după Clyde.

Când a intrat în bucătărie, l-a văzut pe iubitul ei așezat la o masă, ținându-și capul în mâini. Alma l-a privit cu tristețe. Îi părea rău pentru el, fiindcă nici el nu avea o relație bună cu părinții lui. S-a apropiat de el și l-a îmbrățișat. Voia să-l aline cumva și nu putea să facă acest lucru decât dăruindu-i dragostea ei, în fiecare zi.

— Au plecat? a întrebat-o el, punându-și capul pe pieptul ei, înlănțuindu-i talia cu brațele.

— Da! Clyde, nu crezi că ar trebui să le mai dai totuși o șansă?

— Tu le-ai da o șansă părinților tăi?

— Nu! Dar asta nu înseamnă că tu nu poți să faci asta!

— Nu vreau să fac asta! M-au făcut să sufăr prea mult. Nu am nevoie de scuzele lor! Nu au știut să-mi fie alături atunci când a trebuit, prin urmare e rândul meu să nu-i vreau în preajma mea. Singura ființă care contează pentru mine ești tu, iubito!

— Și tu pentru mine, iubitule! Numai că nu vreau să te văd nefericit...

— Alături de tine sunt cel mai fericit, Alma. Să nu ai nicio îndoială în privința asta!

— Și eu simt la fel, dar...

— Atunci subiectul e închis. Tot ce trebuie să facem e să ne iubim și să avem grijă unul de celălalt, i-a spus el.

S-a ridicat de pe scaun și a îmbrățișat-o, după care a sărutat-o pasional. Nu era nevoie decât de un sărut pentru ca amândoi să simtă că o căldură îi mistuia până în străfundul ființei. Clyde s-a desprins încet de ea.

— Iubito...

— Ce e?

— Legat de părinți... Am primit azi un telefon de la detectiva care se ocupă de cazul părinților tăi.

— Și ce a zis?

— Mi-a transmis că atât părinții tăi, cât și Luke, au fost găsiți vinovați și condamnați la închisoare, pentru mulți ani de acum înainte.

Alma l-a privit cu seriozitate.

— E corect ceea ce li s-a întâmplat. Nu le doresc răul, dar nici nu-i vreau aproape de mine.

— Sunt de acord cu tine! Asta e situația. Meritau să fie pedepsiți pentru ceea ce ți-au făcut.

— Așa este! i-a spus Alma, după care s-a cuibărit din nou la pieptul lui.

A rămas astfel timp de câteva minute.

— Mi se pare că am auzit că s-a deschis ușa. Mergi tu să vezi, te rog? a întrebat-o el zâmbind.

Alma s-a dus să vadă cine era, deși nu i s-a părut că aude ușa. Într-adevăr, nu era nimeni. Când s-a întors, l-a văzut pe Clyde așezat la masă. S-a apropiat și s-a așezat pe scaun.

— Hmm! Două brioșe! Ce ți-a venit, domnule maestru bucătar?

— Doar știi cum sunt eu uneori: mi-e poftă de ceva dulce.

— Pare ademenitor! i-a spus ea zâmbind, după care a luat linguriţa, vrând să guste din brioşă.

— Nu acum! Ştiu că trebuie să plecăm acasă, dar... ai vrea să dansezi cu mine, iubito? a întrebat-o el zâmbind.

S-a ridicat de pe scaun şi i-a întins mâna.

— Da, dar nu puteam să facem asta acasă? a întrebat ea, întinzându-i mâna.

— Nu! Vreau să facem asta acum! i-a răspuns el, după care a tastat rapid ceva pe telefon.

Imediat s-au auzit acordurile unei melodii lente, care te îmbia la dans. Clyde a luat-o apoi în braţe şi a lipit-o de corpul lui, înlănţuind-o cu braţele lui puternice, în timp ce Alma a văzut sclipirile stelelor în privirea lui. Şi-a lăsat capul pe pieptul lui şi s-a lăsat condusă în ritmul lui lent şi ameţitor, simţind cum inimile lor bat la unison. Era minunat să fie în braţele lui. Clyde era minunat. Era tot ceea ce îşi dorea de la viaţă. Se părea că destinul a avut grijă să-i îndeplinească toate dorinţele: deschiderea unui restaurant şi să fie iubită cu adevărat.

— Ţine-te bine de mine, fiindcă nu am de gând să-ţi dau drumul din braţele, din viaţa şi nici din inima mea! i-a zis Clyde, mângâindu-i chipul.

— Eşti atât de dulce, Clyde! Am impresia că ai devenit desertul meu preferat!

Un zâmbet a luminat chipul tânărului, înainte de a-i răspunde.

— Și eu simt la fel despre tine, Alma!

La finalul dansului, cei doi îndrăgostiți s-au îmbrățișat și s-au sărutat, fericiți fiindcă se aveau și erau împreună.

Apoi s-au așezat din nou la masă.

— Poftă bună, iubito! i-a spus el zâmbind.

— Mulțumesc, la fel, iubitule! i-a zis ea, zâmbind la rândul ei.

— Cele mai simple lucruri în viață sunt și cele mai frumoase. Mă faci să simt că aș putea face orice! i-a mărturisit ea, gustând apoi din brioșă.

— Îți place brioșa, să înțeleg?

— Cum ar putea să nu-mi placă? Doar e făcută de tine!

— Mă bucur! i-a zis el, tot mai zâmbitor.

Alma s-a pregătit să mai ia o înghițitură din brioșă, însă ceva a oprit-o. În mijlocul brioșei se afla, mândru și strălucitor, un inel de aur. S-a uitat la el și nu-i venea să creadă. L-a privit pe Clyde, mai surprinsă ca oricând.

— Clyde? l-a întrebat ea, simțind că nu mai are glas, în timp ce corpul a început să-i tremure.

Acesta i-a zâmbit, înainte de a-i răspunde. S-a lăsat apoi în genunchi și a privit-o cu toată dragostea.

— Ești o luptătoare, știi asta? Ai știut să lupți cu și pentru mine, m-ai apărat, m-ai respectat, m-ai făcut să mă îndrăgostesc de tine, mi-ai dăruit fericire. Datorită ție viața mea are un sens și îmi doresc să fiu mai bun în fiecare zi. Un sens fără de care nu mai vreau să trăiesc. Ce spui, ai vrea să descoperim împreună secretele și rețetele unei relații frumoase? Dar asta numai dacă ne dezvăluim ingredientul secret: *dragostea.* Deci, ești de acord să fii *steaua mea Michelin*? Până la capăt și *pentru totdeauna*?

Alma a simțit că privirea i se încețoșează, iar lacrimile au început să-i curgă pe obraji.

— Oh, Clyde! Nu pot să cred! Îți datorez atât de multe... M-ai ajutat într-un moment al vieții în care nu știam încotro să mă îndrept și ce anume să aștept de la ziua următoare. M-ai primit în casa, în viața și în inima ta. Ce mi-aș putea dori mai mult? Nu pot decât să fiu recunoscătoare pentru tot ceea ce mi-ai dăruit și să-mi doresc să te păstrez lângă mine pentru totdeauna, pentru tot restul vieții mele. Te iubesc, Clyde! Te voi iubi mereu! i-a răspuns ea, începând să plângă de-a binelea.

Clyde a zâmbit și i-a pus inelul pe deget.

— Să înțeleg că răspunsul este da? a întrebat-o el, ridicându-se în picioare și luând-o în brațe.

— Da! i-a răspuns ea fericită.

Și-a șters lacrimile, apoi și-a îmbrățișat și și-a sărutat iubitul, știind că va fi fericită și iubită de acum înainte, *pentru totdeauna*.

~ SFÂRȘIT ~

Descoperă și celelalte romane de dragoste semnate Lorena Lenn:

Când trecutul revine
Condamnată la iubire
Dragoste neașteptată
Dragoste nemărginită
Iubire interzisă
Legea iubirii
Pe valurile iubirii
Povești de dragoste
Prima dragoste
Protectorul
Suflete pereche
Unirea destinelor

Editura STYLISHED
Timişoara, Judeţul Timiş
Calea Martirilor 1989, nr. 51/27
Tel.: (+40) 727.07.49.48
www.stylishedbooks.ro

Corectură: Cartea Ta (e-carteata.ro)

STYLISHED

Tipar: Artprint Bucureşti